JERRY COTTON

Mord-
gespenster

Kriminalroman

BASTEI-LÜBBE-TASCHENBUCH
Band 32 140

Taschenbuch-Neuauflage:
Mai 1992

Titelfoto: Warner Columbia
Umschlaggestaltung:
Quadro Grafik, Bensberg
Satz: Fotosatz Steckstor,
Bensberg
Druck und Verarbeitung:
Brodard & Taupin,
La Flèche, Frankreich
Printed in Germany

ISBN 3-404-32140-5

Unser Verlagssitz ist
BERGISCH GLADBACH
Die junge Großstadt
mit Blick auf
Köln am Rhein

Der Preis dieses Bandes
versteht sich einschließlich der
gesetzlichen Mehrwertsteuer.

Charles Anderson war kein Feigling. Aber jetzt spürte er, wie ihm kalter Schweiß auf die Stirn trat. Er wollte nicht zu dem giftgrünen Wecker hinsehen. Und doch schien das Ding seinen Blick wie magisch anzuziehen.

Seine Entführer hatten ihn zusehen lassen, als sie die Zeitbombe bastelten. Sobald sich das Läutwerk einschaltete, würde der Zünder den Plastik-Sprengstoff zur Explosion bringen. Die Ladung reichte nicht nur aus, um ihn bis zur Unkenntlichkeit zu zerfetzen, sondern auch, um seine Jagdhütte wegzurasieren.

Wieder — wie schon sooft in den letzten Stunden — versuchte er sich zu befreien. Vergeblich. Sie hatten ihn mit dicken Stricken an den rohbehauenen Dachpfosten gebunden. Anfangs hatte er noch gehofft, die Stricke an einer Kante des Balkens durchreiben zu können. Aber er hatte sich dabei nur Splitter ins Fleisch getrieben. Seine Gelenke schmerzten, Hände und Füße waren längst taub.

Er lauschte angestrengt. Hier oben in der Einsamkeit hörte man ein Fahrzeug schon, wenn es in die Serpentinenstraße einbog. Und von dort aus brauchte ein guter Fahrer noch mindestens zehn Minuten.

Mit zusammengebissenen Zähnen riß Anderson wieder an dem Strick, der seine Handgelenke festhielt. Der Schmerz wurde größer, sonst erreichte er nichts.

Zwei Gedanken beschäftigten ihn in diesen letzten Minuten. Hatten die Gangster geblufft? War das Zeug, das außerhalb seiner Reichweite mit dem Wecker verbunden dalag, gar kein Sprengstoff? Ein Hoffnungsschimmer. Aber zu vage, genau wie der andere Gedanke: Hatte sich einer der Ganoven unten versteckt und würde im letzten Augenblick kommen, um die Zeitbombe zu entschärfen?

Er horchte so angespannt wie nie zuvor in seinem

Leben. Kein Motorengeräusch. Nur das Ticken des verfluchten Weckers. Es schien überlaut zu werden. Bedrohlich wie der Sturzflug eines Kampfflugzeuges.

Wie im Krieg, schoß es ihm durch den Kopf. Den Tod vor Augen, ohnmächtig, hilflos. Mach was? befal er sich.

Den Schmerz spürte er nicht mehr, als er wie wahnsinnig an seinen Fesseln riß. Der unerbittliche Zeiger machte auch die Hoffnung auf einen zurückgebliebenen Gangster zunichte. Jetzt würde keiner der Burschen mehr wagen, in die Nähe zu kommen.

Charles Anderson atmete mit weit geöffnetem Mund und starrte auf die Höllenmaschine, die in wenigen Sekunden losgehen mußte.

Die Detonation war meilenweit zu hören. Die Felsen warfen das Krachen als Echo zurück. Eine Säule aus Staub und Brocken stieg zum Himmel empor und senkte sich langsam wieder herab.

So ähnlich beschrieb es uns der Wildhüter Tom Snyder. Und er erinnerte sich auch an die genaue Uhrzeit.

»Exakt um fünfzehn Uhr dreißig flog die Jagdhütte in die Luft, Mister Cotton. Ich sah auf die Uhr, denn ich wußte, ich müßte Bericht erstatten. Die Sache würde Folgen haben. Allerdings konnte ich nicht ahnen, daß da ein Mensch . . .« Er räusperte sich, statt weiterzusprechen.

Tom Snyders Aussage bedeutete: Charles Anderson war knapp zwei Stunden nach Beginn unserer Ermittlungen gestorben, ermordet worden.

Man gewöhnt sich einfach nicht daran, zu spät zu kommen, wenn es um Leben oder Tod geht. Wahrscheinlich empfinden Unfallärzte und Chirurgen ähnliches, wenn ihnen der Patient unter den Händen wegstirbt. Ich jedenfalls spüre zunächst Niedergeschlagenheit, dann frage ich mich, ob ich etwas falsch gemacht habe, und zum Schluß keimt gegen den Täter Zorn in mir auf, der mich meist nicht mehr losläßt, bis ich ihn zur Strecke gebracht habe.

Vorwürfe brauchten wir uns allerdings in diesem Entführungsfall nicht zu machen. Die einzige nahe Verwandte des Opfers hatte uns erst benachrichtigt, nachdem der Reeder mehr als vierundzwanzig Stunden verschwunden war.

Ich werde Kathleen Anderson aus verschiedenen Gründen nicht vergessen. Als ich mit Phil Decker, meinem Kollegen und Freund, das Büro unseres Chefs betrat und Kathleen zum erstenmal sah, hatte ich gleich ein merkwürdiges Gefühl.

Alles an ihr war lang und schmal. Der hübsche Kopf, der knabenhafte Körper mit den kleinen festen Brüsten, ihre Arme, die Hände mit den feingliedrigen Fingern und die Beine, die sie ungezwungen von sich streckte. Sie trug einen schwarzen Wildlederanzug, der ihre Figur und ihr goldblondes Haar prächtig zur Geltung brachte. Die einzigen Schmuckstücke, ein Ring aus Brillanten und Smaragden und eine passende Brosche, mußten ein Vermögen wert sein.

Darüber wunderte ich mich schon im nächsten Augenblick nicht mehr.

»Dies ist Kathleen Anderson, die Tochter des Reeders Charles Anderson«, stellte Mister High vor, nachdem er zuerst unsere Namen genannt hatte. Wenn die junge Dame den millionenschweren Reeder zum Vater hatte, konnte sie sich solchen Schmuck leisten. Phil und ich setzten uns.

Während uns der Chef knapp und präzise darüber

informierte, daß Charles Anderson entführt worden sei, beobachtete ich die Tochter des Opfers. Und dann fand ich heraus, was mich an ihr so seltsam berührte. Es waren ihre großen grauen Augen. Sie wirkten gleichzeitig ängstlich, naiv und unbeteiligt. Eine höchst sonderbare Mischung.

»Woran denkst du?« fragte mich Phil, und ich erwachte aus meinem Grübeln.

»An Kathleen.« Wir waren eben auf dem Weg zu ihr. Seitdem wir den Fall übernommen hatten, hielt sich zwar ein Beamter bei ihr in der Villa auf. Aber die unangenehme Pflicht, dem Mädchen von der Ermordung seines Vaters zu berichten, hatte Mister High uns aufgebürdet.

Ein dunkelhaariges Mädchen mit großer Brille und Kleid im College-Girl-Look öffnete uns und nickte ernst, als wir unsere Dienstmarken gezeigt hatten. Stumm ging sie voran und führte uns in eine holzgetäfelte Wohnhalle.

Im Kamin brannte ein Feuer wohl mehr der Gemütlichkeit als der Wärmeentwicklung wegen, denn es war ein milder Tag. Wir sahen zunächst nur die Rückenlehnen von zwei geblümten Sesseln und hörten Stimmen aus dieser Richtung. Das Mädchen meldete uns, beugte sich dabei zu dem einen Sessel, und gleich darauf erhob sich ein langer Arm mit schlanker Hand und winkte uns näher zu kommen.

Wir hatten erwartet, unseren Kollegen bei Kathleen zu finden und waren deshalb überrascht, denn in dem anderen wuchtigen Möbelstück saß jemand, den wir nicht kannten. Als Kathleen ihn vorstellte, stand er auf, machte die Andeutung einer Verbeugung und wartete höflich, bis auch wir Platz genommen hatten.

»Mister Woodrow ist Psychiater, vor ihm habe ich

keine Geheimnisse«, erklärte Kathleen und fragte dann übergangslos: »Haben Sie etwas Gutes zu berichten?«

Solch ein Glück haben wir selten, auf die Unterstützung eines Psychiaters zählen zu können, wenn wir eine Schreckensnachricht überbringen müssen. Trotzdem redete ich zunächst einmal vorsichtig drum herum.

»Mister High sagte Ihnen ja schon, daß es oft ungünstige Folgen hat, wenn das Lösegeld ausbezahlt wird. Leider hatten wir keinen Einfluß auf Ihre Entscheidung.«

»Das ist nun nicht mehr zu ändern. Wissen Sie, wo mein Vater ist?«

Nur zu gut wußten wir das. Was noch von ihm übrig war, lag in einer Blechwanne im Leichenschauhaus. So drastisch konnte ich es ihr unmöglich mitteilen.

Innerhalb der knapp zwei Stunden vom Beginn unserer Ermittlungen bis zu Andersons Tod hatten wir eine Menge Material gesammelt. Routinemäßig wurde auch sein Zahnarzt über die Beschaffenheit seines Gebisses befragt, obgleich wir nicht damit rechneten, ihn tot oder verstümmelt aufzufinden, mußten wir es fürchten.

Als dann der Wildhüter Meldung machte, die Jagdhütte des Reeders Anderson sei in die Luft geflogen, erinnerte sich der Polizist, der diese Mitteilung aufnahm, an den internen Fahndungsbericht. Er telefonierte die Nachricht durch, und sofort setzten sich verschiedene Behörden miteinander in Verbindung.

So kam es, daß wir und die Mordkommission nur wenige Minuten nach der örtlichen Polizei vor den Trümmern der Jagdhütte ankamen, obgleich noch nicht erwiesen war, ob hier jemand sein Leben hatte lassen müssen.

Irgendwann später wurde der Unterkiefer gefunden. Ein Beamter der Mordkommission verglich die Überreste mit den Gebißkarten, die wir mitgebracht hatten, und wir wußten, daß Charles Anderson tot war.

»Ich fürchte, die Entführer wollen Ihren Vater auch jetzt nicht freilassen, obgleich Sie das Geld genau nach Anweisung hinterlegten, Miß Anderson.« Mein Blick streifte das verschlossene Gesicht des Arztes. Er nickte, schürzte die Lippen und sah Kathleen aus schmalen Augen forschend an. Offenbar ahnte er, daß ich noch Schlimmeres zu sagen hatte, und wollte an ihrer Reaktion prüfen, wie viel ihr jetzt zuzumuten sei.

Kathleen lag in ihrem Sessel, die langen Beine leger von sich gestreckt, die Händ hingen schlaff über die Armlehnen herab. Ihr Gesicht war entspannt.

Und wieder entdeckte ich diesen Ausdruck in ihren Augen: unbeteiligt. Hatte sie mich nicht verstanden? Oder stand sie unter dem Einfluß von Medikamenten?

Fragend sah ich zu dem Arzt. Seine Augenbrauen hoben sich etwas, und er zuckte kaum merklich mit den Achseln.

»Sie können mir ruhig die Wahrheit sagen.« Kathleen sprach leise, aber ohne nennenswerte Bewegung in der Stimme. »Vater ist tot?«

»Ja. Es tut uns leid, Miß Anderson, daß wir Ihnen . . .«

»Hat er — leiden müssen?«

Nach allem, was sie selbst von ihrem Vater gehört hatte, als er sie auf Befehl der Entführer anrief, wußte sie, wie sie ihn seelisch unter Druck gesetzt hatten. Das konnte sie also nicht meinen. Und körperliche Leiden — darüber waren sich alle Experten einig, die den Tatort besichtigt hatten — hatte Charles Anderson nicht über sich ergehen lassen müssen. Zumindest nicht, was die Todesart betraf.

Ob ihn die Verbrecher gefoltert hatten, bevor sie ihn in die Luft jagten, konnte wohl kaum noch festgestellt werden.

»Nein, es war sofort vorbei«, antwortete ich ihr deshalb mit Überzeugung.

Sie schrie nicht hysterisch, weinte nicht leise vor sich hin, wechselte nicht einmal die Farbe.

Ein seltsames Mädchen.

Und ihre grauen Augen blickten noch immer unbeteiligt drein.

»Dürfte ich Sie einen Augenblick allein sprechen?« wandte ich mich an den Arzt, und wir gingen ins Nebenzimmer. Phil blieb bei Kathleen.

»Sie begreifen Kathleens Reaktion nicht?« fragte mich der Psychiater und ersparte mir damit die Erklärung für meinen Wunsch, mich mit ihm unter vier Augen zu unterhalten.

»Kathleen ist schon länger bei mir in Behandlung«, erklärte er dann weiter. »Keine Geisteskrankheit, das betone ich. Zwar könnte ich mich jetzt auf meine Schweigepflicht berufen und Ihre unausgesprochene Frage unbeantwortet lassen.« Er lächelte mit den Lippen; die blauen Augen jedoch blickten weiterhin starr forschend und eine Spur gedankenverloren. »Aber ich handle im Interesse meiner Patientin, wenn ich versuche, Ihnen Kathleens seelische Verfassung zu erklären. Sie würde es mir ohnehin gestatten. Eine Zeitlang litt sie unter Verfolgungswahn. Sie kam in eine Klinik und wurde dort — milde ausgedrückt — noch mehr verkorkst, als sie es war. Nachdem man sie entlassen hatte, fand sie durch einen meiner Patienten zu mir. Ich bin noch dabei, Kathleen zu explorieren. Seit ich sie mit Gruppen-Therapie behandle, scheint sich ihr Zustand gebessert zu haben. Auf den möglichen Tod ihres

Vaters habe ich sie vorbereitet. Man kennt solche Fälle zur Genüge. Ist das Lösegeld bezahlt, wird das Opfer beseitigt. Leider konnte ich nicht verhindern, daß sie zahlte. Sie vertraute sich auch mir nicht an. Ich kam erst, als es schon zu spät war. Und zwar, weil sie zu unseren regelmäßigen Gruppenstunden nicht erschienen war. Ich halte es für meine Pflicht, mich um alle zu kümmern, die bei mir Trost und Hilfe suchen. Auch wenn sie mal nicht rufen.«

Besonders, wenn es eine Millionenerbin ist, dachte ich, schwieg aber.

»Prophylaktisch gab ich ihr eine Beruhigungsspritze. Aber ich glaube, sie hätte auch ohne dieses stützende Medikament nicht durchgedreht. Sie faßt noch nicht, was geschehen ist. Schock, Kummer und Verzweiflung − das kommt später. Und ich hoffe, die Gruppe und ich können ihr darüber hinweghelfen.«

Als wir wieder in meinem Jaguar saßen, tauschten Phil und ich uns aus über sein Gespräch mit Kathleen und meine Unterhaltung mit Woodrow. Das Mädchen hatte kaum gesprochen, und Phil war deshalb rasch fertig.

»Sie sagte in ihrer unbeteiligten Art: ›Jetzt ist die Gruppe meine Familie, denn sonst habe ich niemanden auf der Welt.‹ Ich fragte sie, wer diese Gruppenmitglieder seien. ›Lauter nette Leute, denen es nicht gutgeht.‹ Mehr war aus ihr nicht herauszuholen, ohne sie zu drängen.«

Ich konnte ihm erklären, um welche Art von Gruppe es ging.

»Sie hat so einen psychischen Knacks«, sagte Phil mitleidig. »Vielleicht sollten wir ein bißchen auf sie achten. Immerhin ist sie Erbin eines Millionenvermögens.«

»Wenn wir keinen Job hätten, wäre ich sofort einverstanden. Aber eine Zeitlang müssen wir uns ja ohnehin noch mit ihr beschäftigen. Bis wir die Mörder ihres Vaters gefunden haben.«

Kathleen fühlte sich unbeschwert, als sie auf die Caryl Avenue hinaustrat. Viel zu entspannt, dachte sie. Schließlich wurde gestern mein Vater auf scheußliche Art umgebracht.

Aber es war nur ihr Verstand, der sie tadelte. Ihr Gefühl, ihre Seele, ihre Psyche signalisierte keine negative Regung.

Sie sah noch einmal zu dem Haus zurück, das Pete für seine Gruppen gemietet hatte. Es stand in Yonkers, unmittelbar am Van Cortlandt Park und damit an der Stadtgrenze New Yorks.

Alle nannten den Doktor Pete. Er war ihr Freund und Berater. Er lachte und litt mit ihnen, beriet sie und kehrte nie den überlegenen Wissenschaftler heraus. Um so williger nahmen sie seine Ratschläge an. Manchmal haßten sie ihn ein wenig. »Das ist normal«, beruhigte er sie dann, wenn es sie bedrückte. Aber meist liebten sie ihn auf die verschiedenste Weise. Die jungen Männer wie einen Vater oder Bruder, die Mädchen außerdem noch als Mann.

Pete hatte ihr geraten, vorläufig nicht selbst zu fahren, und schon seit Wochen ließ sie ihren schnittigen Sportflitzer zu Hause, wenn sie die Gruppenabende besuchte. Meist bestellte er ihr ein Taxi. Heute jedoch wehte Frühlingsluft vom Van Cortlandt Park herüber, und deshalb ging sie zu Fuß.

»Viel Bewegung in frischer Luft, Kinder. Etwas Besseres könnt ihr gar nicht für eure Gesundheit tun, Kinder«, hatte Pete erst heute wieder gesagt. Und: »Ein gesunder Körper ist die Voraussetzung für einen gesunden Geist.«

Kathleen ging rasch und atmete tief, um möglichst viel Sauerstoff in ihre Lungen zu pumpen. Als sie den Van-Cortlandt-Golfplatz erreichte, war ihr wohlig warm und ein wenig schwindlig. Im Rhythmus ihrer Schritte dachte sie: ›Sie mögen mich, sie lieben mich. Alle alle mögen mich.‹

Pete hatte eigens für sie ein ›Liebesbombardement‹ inszeniert.

Noch immer spürte sie die Hände der anderen Gruppenmitglieder auf ihrem Körper. Zärtlich hatten sie Kathleen gestreichelt und ihr angenehme Worte zugeraunt. »Wir lieben dich. Du bist nicht allein! Wir werden dich nie verlassen. Wenn du Kummer hast, sag es uns. Wir sind für dich da. Du bist so tapfer wie kein anderes Mädchen. Trotzdem wäre es besser, wenn du weinen könntest. Es dauert vielleicht noch. Aber wenn du dann weinen mußt, schäm dich nicht. Jeder von uns würde bei so was weinen.«

Sie blieb stehen und betrachtete die metallgraue Oberfläche des Van Cortlandt Lake. Wie ein Kunstwerk, gehämmert aus Silber, und doch bewegt. Die Natur ist schön. Die Menschen sind schön, weil sie gut sind.

Es dämmerte, und als sie weiterging, begegneten ihr immer weniger Leute. Längst brannten die Laternen und beleuchteten späte Spaziergänger, die Arm in Arm oder allein und forsch ausschreitend an ihr vorbeikamen.

Und dann sah sie ihn.

Er lehnte an einem Baum, halb im Schatten, halb von der Laterne in seiner Nähe angestrahlt. Er trug einen

14

breitkrempigen schwarzen Hut, der sein Gesicht verdeckte, wenn er zu Boden blickte wie jetzt. Sie konnte im schwachen Licht nicht erkennen, ob seine schwarze Jacke und die Hose aus Cord waren, aber sie wußte es. Die silbernen Knöpfe blinkten, schienen böse zu funkeln.

Zu oft hatte sie ihn schon gesehen. In ihren Wachträumen. Und jetzt stellte er sich ihr wieder in den Weg. Eine Figur aus einem Märchen, das sie als Kind geängstigt hatte? So meinte Pete.

Mit einem großen blitzenden Schlachtermesser reinigte er sich die Nägel.

Kathleen zögerte nur Sekunden, dann ging sie furchtlos auf die Gestalt zu, die es nur in ihrer Einbildung gab, wie sie meinte.

Du kannst mich nicht mehr erschrecken. Und bald wirst du für immer verschwinden. Pete und die Gruppe vertreiben dich, dachte sie.

Als sie auf gleicher Höhe mit ihm war, hob er den Kopf. Sie blickte ihn starr an. Ja, er war es, der Bursche mit dem blauschwarzen Schnurrbart.

Ohne Hast ging Kathleen weiter. Sie zwang sich dazu, nicht zu rennen, obgleich sie den Drang in sich spürte. Und sie sah sich auch nicht nach dieser Ausgeburt ihrer eigenen gequälten Phantasie um.

Irgendwie war heute alles anders als sonst, wenn sie Angstpsychosen hatte. Sie roch die frische Luft, sah Laternen und den Schimmer der Neonlichter New Yorks am Himmel und hörte den fernen Lärm von Fahrzeugen.

So hatte sie noch keinen Angsttraum durchlebt. Fast realistisch, bis auf die Tatsache, daß sie den Mann mit dem Messer genau kannte.

Wieder hatte sich eine von Petes Prognosen bestätigt.

»Diese Schreckfiguren«, so hatte er ihr erklärt, »werden in die Realität drängen, dann darfst du ihnen nicht ausweichen. Geh deinen Weg unbeirrt, und du wirst sehen, sie können dir nichts anhaben. Du wirst sie überwinden und für immer von ihnen befreit sein.«

Jetzt spürte sie eine gewisse Spannung in sich, eine Art verkrampfter Erwartung. Würde der andere auch noch auftauchen? Während ihrer Anfälle hatte sie oft beide gesehen und sich von ihnen verfolgt gefühlt. Mit großer Kraftanstrengung war sie ihnen immer entkommen.

Aber diesmal war es nicht die dunkle wabernde Welt des Unbewußten, in der sich ihre Lebensangst in Form von Schreckgestalten personifizierte. Diesmal hatte sich der Messerstecher in die Wirklichkeit eingeschlichen und neben der Laterne gestanden wie ein ganz gewöhnlicher Mensch. Sie mußte Pete recht geben. Jetzt, da ihre Traumfiguren offenbar in die Realität durchbrachen, verloren sie ihren Schrecken.

Sie blieb auch noch ruhig, als der andere auftauchte.

Er stand in der Mitte des schmalen Weges, und wenn sie Petes Rat weiterhin befolgen wollte, mußte sie auf Armlänge an ihm vorbei.

Wenn sie von ihm berichtete nannte sie ihn den Henker. Er hielt eine Seidenschnur mit beiden Händen gefaßt, als wolle er sie jemandem um den Hals legen und ihn erdrosseln. Dieser kleine schmächtige Bursche mit seiner Nickelbrille und dem Zweireiher mit Nadelstreifen wirkte eher lächerlich als furchterregend – wenn man ihm nicht schon in entsetzlichen Angstträumen begegnet war wie Kathleen.

Während sie weiter auf ihn zuging, überlegte sie: Ich könnte einen Polizisten rufen, falls der Henker einen Angriff wagt. Aber der Beamte würde ihn nicht sehen,

16

denn das mörderische Gespenst existiert nur in meiner Einbildung. Deshalb brauche ich es nicht zu fürchten. Und ich muß allein mit ihm fertig werden, wenn ich es endlich los sein will.

Sie zwang sich, festen Schrittes an dem Schmächtigen vorbeizugehen, und er drehte sich mit, so daß er sie ständig im Auge behielt.

Kicherte er leise, oder war das eine Sinnestäuschung?

Kathleen atmete hörbar auf, al sie einige Meter weiter war. Auch jetzt unterdrückte sie das Bedürfnis zu rennen.

Erleichtert ließ sie sich wenig später in der Jerome Avenue in die Polster einer Taxe fallen.

Kathleen Anderson zahlte den Driver in der Nähe der Villa und ging zur nächsten Telefonzelle. Sie wußte, das Personal war sehr neugierig, und an verschiedenen Hausapparaten konnte jemand mithören. Deshalb zog sie es vor, Pete von hier aus zu berichten.

Er meldete sich sofort.

»Ich bin sehr glücklich, Pete. Das heißt, eigentlich dürfte ich das wohl jetzt nicht sein, da Vater erst gestern ums Leben kam.«

»Laß die Toten ruhen, Kind! Jetzt mußt du an dich denken. Weshalb bist du glücklich?«

»Es ist, wie du gesagt hast, Sie drängen in die Realität. Was meinst du, Pete, wie lange sie mich noch heimsuchen werden?«

»Wie verhielten sie sich?«

Kathleen schilderte ihre Begegnungen.

»Also passiv«, sagte Pete Woodrow nachdenklich. »Ich fürchte, es wird noch zu einem Kampf kommen. Möchtest du, daß ich bei dir bin?«

»Nein, du sagtest selbst, ich müßte das allein durchstehen.«

»Durch den Tod deines Vaters ist alles anders und für dich schwieriger.«

»Trotzdem. Ich versuche es. Wenn es zu schlimm wird, rufe ich dich an.«

Sie kam sich sehr mutig vor, als sie einhängte und die Zelle verließ. Im nächsten Augenblick allerdings sträubten sich ihr die Nackenhaare. Links und rechts von ihr standen der Messerstecher und der Henker. Und mit Gesten befahlen sie ihr, nicht zur Villa, sondern in entgegengesetzter Richtung zu gehen.

Achselzuckend gehorchte sie. Offenbar stand ihr jetzt der Kampf bevor. Wenn es schon sein mußte, dann lieber gleich. Körperlich konnten die beiden ihr ja nichts anhaben, denn es waren nur Gespenster.

Sie trieben das Mädchen in südlicher Richtung vor sich her, bis Kathleen vor einem Wagen stand, dessen vier Türen geöffnet waren.

Auf die Winke der Männer hin stieg sie ein.

Der Messerstecher ließ den Motor an, während der Henker die Türen zuknallte und sich auf den Beifahrersitz schob.

Und dann raste der schwarze Wagen davon, wie sooft in ihren Träumen.

Kathleen schloß die Augen, aber nach Sekunden zwang sie sich wieder hinzusehen.

Diesmal war es keine Horrorlandschaft, durch die sie entführt wurde, sondern das Villenviertel Maspeth.

Vorsichtig ließ sie ihre Finger über die Polster gleiten. Alles war gegenständlich. Aber Traumfiguren konnten doch keinen Wagen durch den Verkehr steuern?!

Sie tastete behutsam über die Rücklehne des Sitzes vor ihr und weiter hinauf.

Wenn sie einen elektrischen Schlag bekommen oder glühendes Eisen angefaßt hätte, ihr Schreck wäre nicht größer gewesen. Mit äußerster Willensanstrengung unterdrückte sie einen Aufschrei.

Sie hatte nicht etwa in leere Luft gefaßt, wie erwartet, sondern der Henker war greifbar. Sie hatte das glatte, kühle Tuch seines Zweireihers berühren können.

Wie sooft in letzter Zeit half sie sich mit Gedanken an die Gruppe.

Fred hatte mehrmals beschrieben, wie sich die Ungeheuer seiner Horrortrips anfühlten, ja sogar, wie sie rochen. Und auch Harry schilderte die Welt, die es nur für ihn gab, komplett, umfassend, mit allen Sinneseindrücken.

Eigentlich könnte mir gar nichts Besseres passieren, als daß da vorn zwei ganz gewöhnliche Ganoven wären, dachte sie. Dann wäre ich nämlich geistig völlig intakt. Und mit Gangstern wird man fertig. Besonders wenn man Geld hat.

In einem Winkel ihres Bewußtseins drängte sich ihr das Bild des Ermordeten auf. Ihr Vater war nicht mit Gangstern fertig geworden. Obgleich sie eine Menge Geld bekommen hatten.

Der Wagen hielt vor einer auf Rot geschalteten Ampel, und Kathleen sprang auf die Straße, ohne lange nachzudenken.

Eigentlich hätte sie das nicht tun sollen. Aber Pete hatte recht. Der Tod ihres Vaters machte alles schwieriger für sie.

Zum erstenmal an diesem Abend rannte sie kopflos durch die Straßen, bog mal links, mal rechts ab, überquerte achtlos den Fahrdamm und sprang zurück, als ein Wagen mit kreischenden Bremsen dicht neben ihr hielt. Der Fahrer brüllte ihr Schimpfworte zu. Das Mädchen drehte sich um und lief in die Richtung, aus der es gekommen war.

Jetzt stand Kathleen schweratmend in einer kleinen Gasse. Straßenlaternen und wenige Neonreklamen verbreiteten mattes Licht. Längst wußte Kathleen nicht mehr, wo sie war.

Erschöpft lehnte sie sich an eine Hauswand, schloß die Augen für einige Sekunden und schleppte sich dann weiter.

Als sie etwa in der Mitte der Straße zwischen zwei Kreuzungen war, kamen die beiden um die Ecken, vor ihr der Messerstecher, hinter ihr der Henker. Langsam, aber stetig gingen sie auf Kathleen zu.

In ihren Wahnvorstellungen hatte sie keinen von beiden bisher berührt. Das war heute zum erstenmal geschehen. Und es verwirrte sie so, daß sie irgendeine Tür öffnete und ins Haus stürzte.

In panischer Angst drückte sie die Holztür zu und lehnte sich dagegen. Dann erst nahm sie ihre Umgebung wieder wahr.

Ein kahlköpfiger Mann saß hinter einem Tresen und schielte sie über seine Hornbrille hinweg an. »Wollen Sie ein Zimmer?« fragte er, und nach kurzem Überlegen begriff Kathleen, daß sie in einem schäbigen Hotel war.

So primitiv und schmutzig es auch sein mochte, jetzt kam es Kathleen wie eine Zufluchtsstätte vor. Rasch lief sie auf den Kahlkopf zu und nickte eifrig. »Ja, ein Zimmer.«

»Ohne Gepäck? Dann müssen Sie zehn Dollar hinterlegen.«

Kathleen gab ihm, was er verlangte, bekam dafür einen Zimmerschlüssel und den Hinweis: »Zweite Etage, links von der Treppe.«

Bevor sie nach oben ging, spähte sie noch einmal

angstvoll zur Tür, aber niemand war ihr gefolgt.

Obgleich sie die Antwort vorausahnte, fragte sie von der Treppe her: »Gibt's Telefon auf dem Zimmer?«

»Leider nicht, Miß. Wir sind nicht das Waldorf Astoria. Allerdings ist dem Laden hier sonst alles zum Verwechseln ähnlich.« Er kicherte vor sich hin und nahm seine Zeitung wieder auf.

Ekelhaft, dachte Kathleen, als sie den rostigen Schlüssel ins Schloß steckte. Und als sie das Licht einschaltete, überlief sie ein Schauer. Es roch muffig, die uralte Überdecke, die auf einem Bett mit Metallgestell lag, mochte seit Jahren nicht gereinigt worden sein.

Sie ging zum Waschbecken, um sich das Gesicht mit Wasser zu kühlen. Beim Anblick der Schmutzränder wurde ihr übel.

Als sie sich Wasser in die hohlen Hände laufen ließ und ihr Gesicht hineintauchte, hörte sie draußen auf dem Flur Schritte.

Nur nicht noch so einen Anfall! dachte Kathleen und kramte in ihrer Tasche nach den Tabletten, die ihr Pete verschrieben hatte. Sie nahm zwei Pillen und setzte sich auf das schmierige Bett.

Niemand kam. Vermutlich war nur ein anderer Hotelgast vorbeigegangen.

Nach etwa zehn Minuten spürte sie, wie die Spannung wich und einer wohligen Gleichgültigkeit Platz machte. Jetzt störte es sie auch nicht mehr so sehr, daß alles um sie herum unsauber war.

Kathleen ließ sich einfach zur Seite fallen. Zwar sehnte sie sich jetzt nach der Behaglichkeit ihrer Zimmer zu Hause in der Villa in Maspeth. Aber dort konnte sie im Augenblick nicht hin. Einmal, weil es die mörderischen Gespenster nicht wollten. Schließlich war sie es gewesen, die sie daran gehindert hatten, das Grundstück zu betreten. Zum anderen war sie jetzt zu müde und zu erschöpft, um dieses Zimmer zu verlassen.

Halb betäubt nahm sie wahr, wie sich die Klinke bewegte. Und erstaunt registrierte sie, daß ihr Puls nicht einmal rascher wurde.

Auch als die beiden Verfolger eindrangen, bewegte sie das kaum. Ich habe euch erfunden. Ihr existiert nicht. Jetzt schlafe ich, das vertreibt euch automatisch.

Aber du hast den Schmächtigen berührt. Das Tuch seines Zweireihers fühlte sich kühl und glatt an, sagte eine andere Stimme in ihr.

Und Pete, der wie so oft ihr Anwalt gegen ihre eigenen Ängste wurde, antwortete in ihren Gedanken: ›Ein psychisch gestörter Mensch sieht, hört, riecht, schmeckt und ertastet Dinge, die es nicht gibt.‹

Während die Männer die Tür schlossen, drehte sich Kathleen einfach zur Wand und seufzte erleichtert. Gleich würde sie einschlafen.

Sie wehrte sich nicht, als ihr der Schmächtige die Schlinge um den Hals legte. Und sie zuckte auch nicht vor dem Messer des anderen zurück.

Mit einem entspannten Lächeln schloß sie die Augen.

Mable George, das Zimmermädchen des Hotels ›Riban‹, schob den Staubsauger über den Flur. Sie war unterbezahlt, überlastet und deshalb ständig mürrisch. Die Gäste dieses letztklassigen Hotels, selbst fast ausschließlich arme Teufel, gaben selten ein Trinkgeld, gleichgültig, wie finster man sie anstarrte. Außerdem schliefen viele von ihnen bis zum Mittag, und so schaffte Mable ihr Pensum nie. Aber sie hatte sich längst daran gewöhnt, nur zu säubern, was ihr ins Auge sprang. Und da ihre Lider ständig halb geschlossen waren, sprang ihr wenig ins Auge.

Die einen Spaltbreit offenstehende Tür von Nummer 22 allerdings sah sie. Mit einem brummigen Stöhnen schob sie ihren Staubsauger darauf zu. Eigentlich hatte sie jetzt noch nicht anfangen wollen, aber wenn jemand so früh abgereist war, mußte sie — mehr übel als wohl.

Sie trat, wie es ihre Gewohnheit war, wenn keiner zusah, die Tür auf und schob das antiquierte Reinigungsgerät samt ihrer schwabbelnden Massen ins Zimmer.

Und dann sah Mable George etwas, das selbst ihr Phlegma erschütterte.

Sie löste die Hand vom Griff des Staubsaugers, wollte sie sich vor den Mund legen — wie um einen Schrei zu ersticken —, ballte dann aber beide Hände zu Fäusten und schrie. Es waren spitze, schrille Entsetzensschreie, die zunächst die Gäste der zweiten Etage und dann auch die der anderen Stockwerke alarmierten.

Sekundenlang konnte niemand etwas sehen, denn Mable zwängte sich durch die Tür auf den Flur. Wer sie kannte, las an ihrem Gesichtsausdruck ab, daß etwas Fürchterliches geschehen sein mußte, denn Mables Lider waren weit geöffnet.

Draußen auf dem Flur schrie sie weiter. Und sie verstummte erst, als ihr der kleine Mister Lipsey, ein Dauergast des ›Riban‹, eine kräftige Ohrfeige gab.

Mike Oldridge, ein Vertreter, der zur Zeit arbeitslos war, drängte als erster in das Zimmer, und er verstand Mables Entsetzen. Ein Mädchen, das Oldridge noch nie gesehen hatte, hing mit weit von sich gestreckten Beinen am Fenstergriff. Eine Schnur lag um den Hals wie eine Schlinge und war am Griff verknotet.

Oldridge sah nur das schöne Gesicht, das so lebendig

23

wirkte. In diesem Augenblick kam ihm nicht zum Bewußtsein, daß es für ihn unangenehme Folgen haben könnte, wenn er am Tatort eines Verbrechens etwas veränderte. Er lief zum Fenster hin und versuchte, den Knoten aus der Schlinge zu lösen.

Schon war auch er alte Lipsey heran und hob das Mädchen aus der sitzenden Position empor. Er schaffte es nur kurze Zeit, aber lange genug, um Oldridge die Möglichkeit zu geben, die Gardinenschnur vom Fenstergriff zu lösen.

Die beiden achteten nicht darauf, daß noch andere Frauen schrien und Männer Ratschläge brüllten, was zu tun sei.

Oldridge legte das Mädchen auf den Boden und packte die Schnur, die noch immer um den Hals der Unbekannten geschlungen war, um sie zu lockern. »Ein Messer!« rief er, denn die Schlinge ließ sich so nicht lösen.

Jemand reichte ihm ein Taschenmesser und Oldridge zerschnitt die Schnur.

»Was nun, Lipsey?« fragte Oldridge, als das Mädchen die Augen noch immer nicht aufschlug.

Der alte Mann wußte, daß die Unbekannte noch lebte, denn ihr Puls schlug, wenn auch nur schwach und unregelmäßig. »Rettungswagen!« stieß er hervor, dann beugte er sich über das schöne Gesicht, preßte seine welken Lippen auf den ungeschminkten Mund und beatmete die Ohnmächtige.

»Jetzt Sie!« forderte Lipsey nach einigen Minuten Oldridge auf. Der alte Mann keuchte und war bleich. Er gab dem jüngeren Anweisungen. Als Oldridge die Mund-zu-Mund-Beatmung so ausführte, wie Lipsey es sich vorstellte, hockte sich der Alte erschöpft auf den Boden.

»In irgendeinem Land gibt's so ein Märchen. Da weckt ein Prinz ein schlafendes Mädchen mit einem Kuß. Sie mögen ja was vom Küssen verstehen, Oldridge, aber wenn die Kleine durchkommt, verdankt sie es mir.«

Etwa eine halbe Stunde hatten sich die beiden Hotelgäste um das unbekannte Mädchen bemüht, als es plötzlich die Augen aufschlug. »Los, hoch mit ihr!« Jetzt kam wieder Leben in den kleinen Alten. Er sprang auf, nahm einen Arm der Unbekannten und dirigierte Oldridge, sie gemeinsam mit ihm hochzuhieven.

Erst als sie im Zimmer auf und ab gehen wollten, sahen sie die vielen anderen Gäste des Hotels, die in atemloser Spannung zusahen, was sich hier tat.

»Raus alle, 'raus mit euch!« schrie Lipsey. »Hat denn noch keiner einen Rettungswagen alarmiert?!«

Die Hotelgäste zogen sich zurück, und Oldridge bewegte die Unbekannte gemeinsam mit Lipsey durch den Raum. Zwar schleiften ihre Füße nach, aber sie atmete jetzt schon hörbar.

»Was hat sie . . . ich meine, eigentlich kann man sich doch nicht an einem Fenstergriff erhängen«, keuchte Oldridge vor Anstrengung. »Was hat sie eingenommen, daß sie so betäubt war, sich quasi im Sitzen zu erhängen?«

»Wie soll denn ich das wissen? Sie sind doch den Jugendlichen altersmäßig viel näher, die alles mögliche spritzen, schlucken oder einatmen, weil sie hoffen, andere Menschen zu werden oder in einer anderen Welt aufzuwachen.«

»Sie liegen ganz schief. Ich bin keiner von der Sorte. Aber ich kenne welche. Und die hängen sich nicht an Fenstergriffen auf. Die sterben meist an 'ner Überdosis.«

»Na, egal, ich weiß ja nicht, was sie hatte, wie sie's gemacht hat und weshalb. Ich weiß nur, wenn sie überlebt, dann verdankt sie es uns.«

Draußen riefen Stimmen: »Der Rettungswagen! Hier in der zweiten Etage! Eine Selbstmörderin!«

Wenige Minuten später wurde Kathleen Anderson fachgemäß behandelt. Danach legten sie Träger auf eine Krankentrage und brachten sie hinunter zum Wagen.

Kathleen Anderson war bei Bewußtsein, als sie in den Rettungswagen geschoben wurde. Und sie wunderte sich nicht darüber, daß sie ganz in der Nähe zwei vertraute Gesichter entdeckte. Den Mann mit dem Schnurrbart und den Kleinen mit der Nickelbrille.

Wie sie es von Pete gelernt hatte, diagnostizierte sie, was wohl mit ihr geschehen sein könne. Kreislaufkollaps als Folge der seelischen Belastungen. Außerdem seit Vaters Tod nichts gegessen. Trotzdem die Tabletten genommen.

Und die Mordgespenster bleiben draußen! frohlockte sie, als sich die Türen des Rettungswagens schlossen.

Zwischen Landes-, Stadt- und Bundespolizei gibt es feingesponnene Netze, durch die Kriminelle seltener schlüpfen als durch die Maschen des Gesetzes — vorausgesetzt, wir haben Glück.

Der Mordfall Charles Anderson schien jedoch eine harte Nuß zu werden, und das Glück war offenbar auf der Seite der Entführer und Mörder.

Am Mittwoch war der Millionär verschwunden, am Donnerstag gestorben, und am Sonnabend saßen Phil und ich noch immer ohne jeglichen Fingerzeig auf mutmaßliche Täter in meinem Büro und hörten Tonbänder ab. Es waren die inzwischen mehrfach vervielfältigten Aufnahmen, die Kathleen geistesgegenwärtig von den Anrufen der Erpresser gemacht hatte. Ein Gespräch von Kathleen mit ihrem Vater war auch dabei. Er gab ihr Hinweise, wie sie das Geld beschaffen und wen sie ins Vertrauen ziehen sollte. Vermutlich war es sein letztes Gespräch außer Unterhaltungen mit den Gangstern gewesen. Jedenfalls hatte sich bisher niemand bei uns gemeldet, der von Charles Anderson angerufen und um Hilfe gebeten worden war.

Hatten sich die Ganoven wirklich darauf verlassen, daß Kathleen die hunderttausend Dollar beschaffen könne?

»Dieses Meresrauschen, das den Hintergrund sämtlicher Anrufe bildet, kommt mir irgendwie unnatürlich vor«, sagte Phil, als wir wieder einmal eine der Aufnahmen stoppten. »Ich weiß selbst nicht, woran das liegt.«

Ich ließ das Band an eine Stelle zurücklaufen, die ich mir gemerkt hatte, schaltete auf langsameres Tempo, und jetzt wurde es deutlich.

»Klar, der alte Trick!« rief Phil, und sein Gesicht hellte sich auf. »Die haben ein Tonband laufen lassen. Als Geräuschkulisse. Und an der Stelle war ein Schnitt. Das war's! Ich glaube, das hatten wir bei jedem der Anrufe.«

Wir wollten eben die anderen Aufnahmen daraufhin noch einmal abhören, da schrillte unser Telefon.

Mister High hatte Neuigkeiten für uns, die den Fall Anderson angingen. Und zwar unangenehme.

»Im Hotel ›Riban‹, Brooklyn, wurde ein Mädchen unter verdächtigen Umständen gefunden. Auf dem Boden sitzend und fast erhängt. Die Mordkommission sicherte Spuren in dem Hotelzimmer und fand die Tasche der Verletzten. Darin steckte auch ihr Führerschein. Es ist Kathleen Anderson.«

»Ein Selbstmordversuch?« fragte ich.

»Das wird Lieutenant Kramer mit Ihnen erörtern. Miß Anderson wurde in ein Krankenhaus in der — Augenblick!« — Ich hörte Papier rascheln, dann sprach Mister High weiter: »Sie liegt im Krankenhaus in der Cortelyou Road. Kramer wartet dort darauf, daß die Ärzte ihn zu ihr lassen. Vielleicht sollten Sie ihn bei der Vernehmung unterstützen, Jerry?!«

»Wir sind schon unterwegs, Chef.«

Einige Blocks vom FBI-Gebäude entfernt wurde der Verkehr so zähflüssig, daß mir auch Rotlicht und Sirene nichts nutzten. Erst als wir Brooklyn Bridge hinter uns gelassen hatten, kamen wir zügig voran.

Eine der Angestellten am Empfang des Krankenhauses führte uns in einen Warteraum, in dem Lieutenant Kramer und ein anderer Beamter in Zivil saßen. Es war der stämmige Sergeant Louis Crawford, der die Ermittlungen im ›Riban‹ geleitet hatte, wie ich gleich erfuhr.

Crawford gab uns einen Überblick dessen, was die Gäste des ›Riban‹ ausgesagt hatten. Als er schwieg, starrten wir vier eine Zeitlang stumm vor uns hin.

Phil war der erste, der sprach. »Daß Kathleen Anderson einen Selbstmordversuch verübt haben mag, ist vielleicht noch erklärbar. Aber am Griff eines Fensters? Außerdem saß sie ja auf dem Boden, wenn wir den Aussagen dieser Herren Lipsey und Oldridge glauben wollen. Und ich wüßte nicht, warum die uns irreführen sollten.«

»Genau darüber habe ich mich schon mit Crawford unterhalten«, sagte Kramer. »Die Schnur kann sich bei der Belastung gedehnt haben. So hing das Mädchen vielleicht zunächst über dem Boden und kam erst später in sitzende Position. Was ihr dann das Leben rettete.«

»Kein Mensch, der seine fünf Sinne beisammen hat, würde sich so erhängen«, brummte Crawford.

»Selbstmörder haben fast nie ihre fünf Sinne beisammen. Allenfalls noch Leute, die ihre Versicherung betrügen wollen, um der Familie eine große Geldsumme zuzuschanzen. Ich bin ja kein Nervenarzt, aber ich glaube, auch bei denen ist eine Schraube locker. Sonst würden sie in der Lotterie spielen oder es mit ehrlicher Arbeit versuchen.« Kramer hieb die geballte Rechte in den Handteller der Linken. »Das Ding stinkt nach Mordversuch. Meinen Sie nicht, Cotton?«

»Tja, ich hoffe Kathleen Anderson kann uns mehr darüber sagen. Übrigens ist sie nicht − ganz zurechnungsfähig. Ich unterhielt mich mit ihrem Psychiater. Eine Zeitlang litt sie an Verfolgungswahn, wie ich von ihm erfuhr. Und als wir ihr den Tod ihres Vaters berichteten, reagierte sie unnatürlich. Der Arzt meinte, die Depression setze wohl erst später ein. Vielleicht war sie dann so übermächtig, daß Kathleen aus dem Leben scheiden wollte.«

Kramer schob den Unterkiefer vor. »Anders ausgedrückt, die Kleine hat nicht alle Tassen im Schrank. Der Tod ihres Vaters verwirrte sie noch mehr, und ein solches Mädchen kann sich auch an einem Fenstergriff erhängen wollen.«

Ich mußte lächeln, denn Kramer hat eine bewundernswerte Gabe, komplizierte Dinge schlicht auszudrücken. »So ungefähr. Und vielleicht stand sie noch zusätzlich unter dem Einfluß von Medikamenten«, sagte ich.

»Drogen?« fragte Kramer, der immer gezielt denkt.

Eine Antwort konnte ich ihm nicht geben, denn wir wurden von einer freundlichen Schwester abgeholt und zu Kathleen gebracht.

Der junge Doktor, der im Augenblick auf der Unfall-station Dienst tat, bat uns, kein Verhör durchzuführen, und wir versprachen es. Phil und Crawford blieben auf dem Flur.

Kathleen war blaß, starrte uns aus weitgeöffneten Augen an, und ich stellte fest, daß sich der Ausdruck ihres Blickes nicht verändert hatte. Ängstlich, naiv und unbeteiligt.

»Was machen Sie denn für Sachen?« begann Kramer väterlich jovial, und ich spürte, daß er schieflag.

Die Reaktion des Mädchens bestätigte meine Befürchtung. Kathleen wandte den Kopf ab und schloß die Augen.

Jetzt hätten wir Doc Woodrow gebraucht. Aber da er nicht zur Verfügung stand, versuchte ich mein Glück auf meine Art. »Wissen Sie, wieso Sie hier im Kranken-haus gelandet sind, Kathleen?«

Sie drehte ihren Kopf in meine Richtung und nickte matt.

Jeder Satz war für mich wie ein Schritt auf dünnem Eis. Im nächsten Augenblick konnte ich einbrechen. Natürlich befassen wir uns auch mit Psychologie. Aber der Umgang mit kranken Seelen ist nicht unser Metier.

»Möchten Sie uns etwas darüber sagen?«

Sie nickte eifriger, und ich atmete auf – natürlich so, daß sie oder Kramer das nicht bemerkten. »Schuld waren die Mordgespenster.« Sie flüsterte. Hatte die Schlinge ihren Kehlkopf, ihre Stimmbänder verletzt? Oder wagte sie aus Furcht nicht, laut zu sprechen?

Kramer schnaubte hörbar, und ich vermied es tun-lichst, ihn anzusehen. Gespenster paßten ihm nicht, dem Praktiker und Realisten. Aber wir Kriminalisten müssen versuchen, mit allem fertig zu werden. Wir zimmern uns die Fälle nicht, wir müssen sie, die Opfer und die Täter nehmen, wie sie kommen und – zu nehmen wissen.

»Wer sind diese Mordgespenster?« fragte ich und lehnte mich auf das Fußteil des weißen Bettgestells wie ein freundlicher Nachbar über den Zaun.

»Der eine ist groß, muskulös, trägt einen schwarzen Cordanzug mit silbernen Knöpfen, hat einen schwarzen Schnurrbart und auf dem Kopf einen breitkrempigen Hut, tief ins Gesicht gezogen. Der andere . . .«

»Moment, ich notiere das«, unterbrach Kramer und fummelte in seinen Taschen herum.

Kathleen lächelte überlegen. »Nicht nötig. Ich erkläre es Ihnen gleich. – Der andere«, fuhr sie dann flüsternd fort, »ist schmächtig, hat eine Nickelbrille auf der Nase, trägt einen blauen Zweireiher mit Nadelstreifen, und man würde ihn eigentlich für einen altmodischen Beamten halten. In Wirklichkeit ist er der Henker, denn immer hält er eine Seidenschnur in den Händen. Der Große reinigt sich die Nägel mit einem Schlachtermesser. Deshalb nenne ich sie den Messerstecher und den Henker. Sie müssen nicht nach denen suchen. Es gibt sie nur in meiner Phantasie. Meine personifizierte Lebensangst, wie der Doktor sagte.«

»Also wirklich nur Gespenster?« staunte Kramer, der inzwischen seinen Notizblock gefunden hatte. Dann schüttelte er skeptisch den Kopf. »Gespenster morden nicht. Und Sie sind dem Tod ja grade noch von der Schippe gehüpft.«

»Dem Totengräber«, verbesserte ich. »Haben diese Gespenster Sie angegriffen, Kathleen?« fragte ich dann leise, aber eindringlich. Wir mußten herausfinden, ob sie sich hatte umbringen lassen wollen, oder ob hinter diesem Fall Gangster steckten. Vielleicht dieselben, die ihren Vater ermordet hatten.

»Sie haben mich verfolgt«, berichtete sie teilnahms-
los. »Sie entführten mich aus Maspeth, fuhren wild
durch die Gegend. Sonst allerdings gleiten Horrorland-
schaften draußen vorbei. Nur heute war alles anders.«

Ich verbesserte sie nicht. Es mußte gestern passiert
sein. Aber außer vielem anderen war offenbar auch ihr
Zeitgefühl gestört.

»Ich erkannte zunächst, wohin sie fuhren. Aber dann
machte ich einen verhängnisvollen Test, der mich so
erschütterte, daß ich den Kampf mit den Phantasie-
gestalten nicht mehr ausführen konnte. Heute war alles
anders als sonst in meinen Vorstellungen. Der schwarze
Wagen stimmte. Aber draußen vor den Fenstern keine
Horrorlandschaft. Und die Polster, in denen ich sonst
versank wie in schwarzer Watte, die fühlten sich ganz
normal an. Da habe ich auch die Rücklehne des Sitzes
vor mir befühlt und dann sogar den — den Henker. Das
Tuch seines Zweireihers war kühl und glatt und so —
gegenständlich. Das brachte mich so aus der Fassung.
Pete wollte unbedingt, daß ich jetzt gleich den Kampf
bestünde, um die Gespenster für immer loszuwerden.
Aber da kam mir der Gedanke, daß auch mein Vater
unterlag. Und ich klappte zusammen. Ich flüchtete in
ein Haus. Als ich drin war, stellte ich fest, es war irgend-
ein mieses Hotel. Alles dreckig. Ekelhaft.«

Ein wenig Ahnung von moderner Psychiatrie haben
wir natürlich auch. Und an ihrem entspannten
Gesichtsausdruck erkannte ich, daß sie jetzt uns gegenüber das praktizierte, was die Seelenärzte ›freies Asso-
ziieren‹ nennen.

»Dann hörte ich draußen Schritte«, fuhr sie fort, »und
ich wollte einfach nicht noch mehr durchmachen. Ich
nahm zwei der von Pete verschriebenen Tabletten und
legte mich auf das schmierige Bett. Sie kamen ins Zim-

mer, aber es waren ja bloß die eingebildeten Figuren. Der Messerstecher und der Henker. Ich wußte genau, die könnten mir nichts anhaben. Ich drehte mich um, war müde und glücklich, wohl eine Wirkung des Medikaments. Der Henker legte mir seine Seidenschnur um den Hals. Aber er schreckte mich nicht. Bist ja bloß eine Vorstellung, dachte ich.« Sie seufzte.

»Und der Messerstecher hielt mir dieses abscheuliche Schlachtermesser vor die Augen. Na ja, man gewöhnt sich auch an das Grauen. Sobald ich nicht mehr denke, sind sie weg, wußte ich. Und dann schlief ich wohl ein. Später, als ich aufwachte, war ein Riesenkrawall um mich her. Jemand schrie Selbstmörderin. So ein Quatsch! Ich kann Ihnen nur sagen, weshalb ich ohnmächtig wurde. Seit mein Vater mich anrief, konnte ich nichts mehr essen! Ich weiß nicht, ob Sie je so was erlebt haben. Es sitzt einem wie ein Kloß in der Kehle. Man spürt Hunger, aber es rutscht nichts 'runter. War doch klar, daß ich mal zusammenbrechen würde.«

Sie schwieg und sah mich hilfeheischend an.

»Sie haben doch wohl nicht den Wunsch, aus dem Leben zu scheiden?« fragte ich sie leise.

»Nein.« Ihr Gesicht drückte Entschlossenheit aus. »Ich möchte gern leben. Glücklich leben. Nur muß ich zuvor den Endkampf mit den Mordgespenstern bestehen. Aber vielleicht könnten Sie mir dabei helfen, Mister Cotton? Mit Mördern haben Sie doch Erfahrung. Und über die Gespenster könnte ich Ihnen Auskunft geben.«

»Während Ihrer Entführung im Wagen und nach dem Eindringen der beiden ›Mordgespenster‹, Miß Anderson, wurde nicht gesprochen?« fragte ich.

»Nein, kein Wort. Gespenster, wissen Sie, sprechen nicht.«

Kramer und ich verließen das Krankenhaus und suchten nach dem Arzt, der im Augenblick die Unfallstation betreute.

»Sie haben eine nicht ganz zurechnungsfähige Patientin in Obhut«, erklärte ich ihm. »Kathleen Anderson war mehrfach in psychiatrischer Behandlung. Möchten Sie nicht lieber einen der Ärzte sprechen, die mit ihr zu tun hatten?«

Er ließ die Luft ab, was wie ein gequälter Seufzer klang. »Ich wollte, ich könnte mich um jeden hier sorgen wie ein Richter, Seelsorger, Sozialhelfer, Anwalt und was weiß ich noch. Aber das ist unmöglich. Wenn Sie mir allerdings mitteilen, daß Miß Anderson geistesgestört ist, muß ich sie in eine andere Abteilung verlegen lassen. Bloß wäre es da nicht sehr angenehm für sie. Wir leiden unter Raum- und Personalmangel. Da kommt es schon mal vor, daß Geisteskranke mit geistig Labilen zusammengelegt werden. Wünschen Sie für Miß Anderson die Einweisung in eine sogenannte geschlossene Abteilung?«

Kramer strömte förmlich aus, was er dachte. Er fand das alles übertrieben verrückt, was uns bisher beschäftigt hatte.

»Nein«, sagte ich entschieden. »Miß Anderson ist auch bald wieder psychisch intakt. Aber zum Schutz muß eine Beamtin im Zimmer bleiben.«

»Zum Schutz gegen Gespenster?« fragte Kramer mit gerunzelter Stirn.

»Ob man Kathleen vor sich selbst oder vor gerissenen Verbrechern schützen muß, weiß ich noch nicht genau. Aber ich will es herausfinden.«

Noch immer Sonnabend. Für die meisten Arbeitnehmer New Yorks bedeutete das Wochenende. Phil und mich zwang auch niemand, unsere Ermittlungen fortzusetzen. Aber wir hatten keine Lust, den Mördern des Millionärs noch mehr Vorsprung zu geben, als sie schon hatten.

Wir fuhren noch einmal zu Andersons Grundstück hinaus, auf dem die Jagdhütte gestanden hatte. Aber auch wir fanden nichts mehr in dem Trümmerhaufen, das uns einen Hinweis auf die Täter gegeben hätte. Kein Wunder, hier war alles von der Spurensicherung durchgekämmt und zigmal umgedreht worden.

Anschließend besuchten wir das Rentnerehepaar, das am Fuße des Hügels wohnte. Die alten Leutchen versicherten, vor der Detonation nichts gesehen und gehört zu haben. Nicht einmal ein Fahrzeug.

»Das ist doch sehr unwahrscheinlich, Mister Hopkins«, versuchte ich es noch einmal. »Ich verstehe Sie ja. Sie wohnen hier in der Einsamkeit, sind nicht mehr der Jüngste und möchten sich nicht mit gefährlichen Gangstern anlegen. Aber die Burschen wissen nicht, daß Sie dichthalten. Die können schon heute nacht hier auftauchen und Ihnen und Ihrer Frau den Garaus machen. Wenn Sie uns aber den Wagen beschreiben und vielleicht noch das Kennzeichen nennen, fassen wir die Verbrecher möglicherweise rasch, und Sie können in Ruhe schlafen.«

Der alte Mann schürzte nachdenklich die Lippen, aber dann schüttelte er den Kopf. »Ich würde alles sagen. Aber wir haben nichts beobachtet. Wirklich nicht, Mister Cotton.«

»Ich würde mich sogar dafür einsetzen, daß Sie bis zur Ergreifung des Täters kostenlos in einem Hotel in der City untergebracht werden.«

»Das klingt verlockend, Henry, meinst du nicht?« fragte Mrs. Hopkins mit erwartungsvollem Blick.

»Ja, ein Jammer, daß wir tatsächlich nichts gesehen haben. Wir saßen vor dem Fernsehapparat und hatten den Ton ziemlich laut gestellt. Hier draußen stören wir keinen, und wir beide hören nicht mehr sehr gut.«

»Was sahen Sie sich an?«

Wie aus der Pistole geschossen ratterte Hopkins die Titel einiger Serien und Filme herunter. Er hatte genügend Zeit gehabt, sich an Hand von Programmzeitschriften zu informieren. Aber ich konnte ihm nicht beweisen, daß er log.

»Und Sie haben zwischendurch nicht zu Mittag gegessen oder den Apparat mal abgeschaltet, um sich mit etwas anderem zu beschäftigen?«

»Nein«, beharrte er verbissen.

Als wir gingen, beobachtete ich, wie Mrs. Hopkins ihrem Mann einen ängstlichen Blick zuwarf und die Schultern hob.

»Sollten Sie darauf bauen, daß die Gangster mit ihrer Beute längst auf und davon sind, Mister Hopkins, so irren Sie. Es sieht so aus, als hätten sie vergangene Nacht wieder zugeschlagen. Sie sind also noch in der Gegend.«

»Machen Sie meiner Frau gefälligst keine Angst«, fuhr er mich wütend an. »Ich werde mich über Sie beschweren.«

»Tun Sie das.« Ich gab ihm meine Karte. »Damit Sie nicht vergessen, wer Sie unter Druck gesetzt hat. Übrigens steht da auch meine private Telefonnummer. Vielleicht fällt Ihnen noch etwas ein, dann lassen Sie es mich wissen. Auch wenn es Ihnen unwichtig erscheint.«

»Ich glaube ja auch«, sagte Phil, als wir wieder in meinem Jaguar saßen, »daß sie mehr wissen, als sie zugeben. Aber wenn wir uns irren, hast du der Lady unnötig Furcht eingejagt.«

»Die können gar nicht vorsichtig genug sein. Hoffentlich schläft der alte Mann von jetzt an mit dem Gewehr im Bett. Die Gangster stellen doch bestimmt die gleichen Überlegungen an wie wir. Und sie werden skrupellos alle Belastungszeugen auslöschen. Anderson mußte sterben, weil er sie hätte beschreiben können. Falls dieselben Täter den Mordversuch an Kathleen verübten, kann ihr Motiv dafür das gleiche sein.«

»Wenn die wüßten, wie wenig wir in Erfahrung bringen, wären sie längst über alle Berge.«

Nach dem Rentnerehepaar nahmen wir uns noch einmal den Farmer vor, der uns auch recht zugeknöpft empfangen hatte, als wir ihn am Tag von Andersons Ermordung befragten. Auch er beteuerte, keine Fahrzeuge gesehen zu haben.

Bei Einbruch der Dämmerung fuhren wir nach New York zurück. »An diesem Fall ist einiges rätselhaft«, brummte Phil. »Zum Beispiel der Mordversuch an Kathleen − falls es einer war. Leute, die Anderson so perfekt beseitigten, würden bei seiner Tochter wohl kaum so stümperhaft vorgehen, daß sie den Anschlag überlebt. Sollte sie vielleicht gar nicht sterben?«

»Hm, schon möglich. Aber wozu die Vortäuschung eines Mordversuchs?«

»Paß auf! Kathleen hatte ihren Vater satt, wollte ihn aus dem Weg räumen und beerben. Sie heuerte Profis an, die Anrufe waren abgekartetes Spiel, und es war ausgemacht, daß Anderson trotz Zahlung des Lösegeldes umgebracht wurde. Das Lösegeld war zugleich die Bezahlung für den Mord an Kathleens Vater.«

»Genial! So konnte Kathleen das Blutgeld beschaffen,

ohne in Verdacht zu geraten. Aber sie ist doch geistig nicht intakt.«

»Genie und Wahnsinn wohnen oft dicht beieinander.«

Ich dachte über diese Möglichkeit nach, und Phil entwickelte seine Theorie weiter. »Um noch mehr entlastet zu werden, ließ sie sich von dem Mörder ihres Vater so aufknüpfen, daß sie beinahe das Zeitliche gesegnet hätte.«

»Unwahrscheinlich, daß ein Mädchen so kaltblütig ist. Sie hätte damit rechnen müssen, daß sie nicht rechtzeitig gerettet würde. Und konnte sie den Gangstern trauen? Wenn sie sich denen in die Hände gab, brachten die sie vielleicht wirklich um.«

»Wissen wir denn, ob sie den Burschen tatsächlich Hunderttausend einpackte, wie sie es vorgibt. Vielleicht war in dem Koffer nur ein Teil, und der Rest sollte nach dem vorgetäuschten Mordversuch ausbezahlt werden.«

Eine Zeitlang grübelten wir schweigend. Als wir den Lincoln-Tunnel in Manhattan verließen, meinte Phil: »Wir sollten uns von diesem Doc Woodrow noch etwas mehr über Kathleens Psyche sagen lassen.«

»War genau mein Gedanke.« Wir grinsten uns an. In den vielen Jahren unserer Zusammenarbeit hatten wir eine geistige Parallelschaltung entwickelt, die uns selbst manchmal verblüffte. Ich lenkte den Jaguar auf den West Side Express Highway.

Buchstäblich im letzten Augenblick hatte ich die Einfahrt erwischt, und hinter mir hupte ein nervöser Autofahrer. Ich antwortete ihm mit kurzem Aufblenden meines Rotlichtes. Der Knabe war von mir weder geschnitten noch behindert worden. Es gibt schon ekelhafte Zeitgenossen.

Phil bastelte in Gedanken immer noch an seiner Theorie herum. »Eins paßt mir nicht. Wenn Kathleen ihren Vater hätte umbringen lassen, wäre sie dann so gleichgültig geblieben, als wir ihr die Todesnachricht überbrachten? Sie hätte doch die trauernde Tochter spielen müssen.«

»Eben«, sagte ich nur.

Das Haus in Yonkers, das Woodrow für seine Gruppen gemietet hatte, wirkte vernachlässigt. Wenn Woodrow so reiche Patienten wie Kathleen Anderson betreute, konnte er sich doch wohl bessere Räume leisten.

Auch das Mädchen, das uns öffnete, sah nicht aus, als sei es eine hochbezahlte Spitzenkraft. Es trug eine ausgewaschene Wolljacke, die es fröstelnd über der Brust zusammenzog, war bleich und mager.

Wir zeigten unsere Dienstausweise, aber die rotblonde Angestellte schüttelte den Kopf. »Im Augenblick ist der Doc für niemanden zu sprechen.«

Einen arroganten Butler hätte ich wahrscheinlich unsanft beiseite gestoßen. Daß wir bei der Suche nach diesen grausamen Mördern ständig gegen Gummiwände rannten, brachte allmählich meine Galle in Überfunktion. Aber das Mädchen tat mir leid. Wahrscheinlich arbeitete es für seinen Unterhalt und das Privileg, seine unbefriedigten Wünsche in der Gruppe abreagieren zu dürfen.

»Wenn Sie ihm sagen, wer wir sind, wird er sofort unterbrechen, was er macht. Es geht um einen Mord.«

Sie preßte die Lippen zusammen und nickte. »Dann kommen Sie 'rein.«

Die Halle war ärmlich, aber sauber und — merkwürdig eingerichtet. Man hätte die Farben wohl poppig nennen können. Die Möbel mochten auf Müllplätzen zusammengesucht sein. Sie stammten aus verschiedenen Epochen. Von einem Schrank mit geschnitzten Beinen glotzten uns zwei grellbunte Augen an. Stühle und die Holzteile von altersschwachen Rohrstühlen waren ohne erkennbare Einheit mehr mit Farbe verkleckst als bemalt.

Wir verzichteten darauf, uns zu setzen, und Phil seufzte: »Hier könnte man eher meinen, die Besucher sollten zum Wahnsinn getrieben, statt davon befreit werden.«

»Schätze, die Patienten dürfen sich an den Möbeln farblich austoben. Arbeitstherapie.«

Aus der Richtung, in die das Mädchen verschwunden war, hörten wir wüste Beschimpfungen, hysterische Schreie und lautes Weinen.

»Lieber Himmel!« Phil blickte mit einem Augenaufschlag zur Decke und blies die Wangen auf.

Dann öffnete sich eine Tür. Der Tumult wurde für kurze Zeit noch lauter, und Doc Woodrow erschien.

Ist er das wirklich? fragte ich mich. Sekundenlang war ich unsicher, obgleich ich ein ausgezeichnetes Gedächtnis für Gesichter habe. Sein neulich korrekt frisiertes glattes Blondhaar hing ihm wirr ins Gesicht. Die blauen Augen wirkten verschleiert, die Lider waren gerötet. Und in seinem karierten Wollhemd, den schmutzigen ausgefransten Jeans und ausgelatschten Mokassins sah er wirklich nicht wie ein Seelenarzt aus.

»Entschuldigen Sie bitte diesen Aufzug.« Er streckte mir die Hand hin, und ich staunte unwillkürlich, daß wenigstens sie sauber war. »Das gehört bei mir dazu. Ein Mittel mehr, um die Kluft zwischen meinen Patienten und mir zu überwinden. Kommen Sie wegen Kathleen?«

»Ja, wir wüßten gern ein wenig mehr über Miß Anderson und besonders über ihre eingebildeten Verfolger.«

»Ich habe Sie schon erwartet.«

»Pete, wo bleibst du?« schrie jemand, der die grellbemalte Holztür wieder geöffnet hatte.

»Ich komme gleich!« rief er zurück. »Tut mir leid, dies ist ausgerechnet Kathleens Gruppe. Sie sind heute besonders unruhig. Hoffentlich verstehen Sie das. Wenn eine Gruppe lange Zeit zusammen ist, fühlen sich die meisten wie Familienangehörige. Und für sie ist ein Mordversuch an einem der ihren schlimmer, als er das für eine normale Familie wäre.«

»Wenn du nicht sofort kommst, Pete, geschieht ein Unglück!« schrie eine Frauenstimme.

»Moment!« Er drehte sich auf dem schiefgelaufenen Absatz um und eilte davon. Als er die Tür zuknallte, hörten wir auch keinen gedämpften Tumult mehr. Er schien sie ganz gut in der Hand zu haben.

»Mordversuch«, fragte Phil, und sah mich aus schmalen Augen an. »Wie können die das denn wissen? Die Presse hat nichts erfahren. Sollte etwa einer aus der Gruppe . . .?«

Als Phil schwieg, versuchte ich, seinen Gedankengang zu vollenden: » . . . dabeigewesen sein, als sie aufgeknüpft wurde? Ich würde mir die Mitglieder dieser Gruppe zu gern ansehen. Vielleicht ist jemand dabei, auf den Kathleens Beschreibung vom ›Henker‹ und vom ›Messerstecher‹ paßt.«

»Die hätte sie doch als ihre Freunde erkannt.«

»Verkleidete Gruppenmitglieder, Phil.«

»Ach so! Na, dann hast du kaum einen Anhaltspunkt. Ein Hüne und ein schmächtiger Zwerg.«

Woodrow kam zurück, und wie eine ungezogene

Schulklasse tobten die Gruppenmitglieder im Hintergrund wieder los.

»Sie sind heute, wie gesagt, besonders unruhig«, entschuldigte er sich matt. »Außerdem kamen Sie gerade, als wir Enthemmungsübungen machten.«

»Mir scheint, das brauchen die da drin nicht zu üben«, brummte Phil und wies mit dem Daumen auf die Tür.

»Sie würden sich wundern.« Woodrow machte eine vage Geste. »Aber jetzt zu dieser scheußlichen Sache mit Kathleen. Haben Sie jemanden in Verdacht?« wandte er sich dann an mich.

»Wir müßten in Ruhe darüber sprechen.«

»Gut, aber bitte nicht jetzt! Sie hätten mich heute morgen besuchen sollen, nachdem Sie's erfuhren.«

»Und Sie? Von wem erfuhren Sie's?«

Er zuckte nicht mit den farblosen Wimpern. »Auf Kathleens Wunsch wurde ich an ihr Krankenbett gerufen. Sie erzählte mir, daß Sie schon dagewesen seien.«

»Und Sie informierten Kathleens Gruppe.« Ich hatte das wie selbstverständlich gesagt. Obwohl ich es unerhört gefunden hätte.

Aber wenn er das wirklich getan hatte, leugnete er überzeugend. »Sehe ich aus wie ein Mann, der sich absichtlich Ärger macht? Es geht ja oft turbulent zu. Aber so einen Affenzirkus wie heute erlebe ich doch selten. Nein, ich habe kein Wort gesagt. Ich weiß auch nicht, wie sie es erfuhren.«

»Vielleicht könnte ich das herausbringen.«

»Sie wollen sie verhören?« Er schien aus allen Wolken zu fallen.

»Befragen. Da sie sich ja wie eine Familie fühlen, wollen sie doch bestimmt, daß der Verbrecher gefaßt wird, der Kathleen um ein Haar getötet hätte.«

Er überlegte, und seine blauen Augen blickten jetzt wieder klar und nachdenklich. »Ja, das wäre eine plausible Erklärung. Trotzdem, ich weiß nicht, wie man Sie aufnehmen wird.«

»Wir sind es gewöhnt, keine Freudentränen zu sehen, wenn wir auftauchen.«

Was immer wir auch schon erlebt hatten, dies wurde eine der merkwürdigsten Befragungen unserer ganzen Laufbahn.

Als die FBI-Beamten gegangen waren, schaltete Henry Hopkins das Fernsehgerät ein. Irma merkte ihrem Mann schon an seinen Bewegungen an, wie ungehalten er war.

Er ließ sich in seinen Stammsessel fallen, schob die Unterlippe vor und starrte auf den Schirm.

»Auf die Gefahr hin, daß du mir jetzt eine Szene machst, ich finde dein Verhalten falsch.« Irma knetete ihre gepflegten Hände. Als auf dem Bildschirm geschossen wurde, zuckte sie zusammen.

»Weiber!« brummte Henry. Irma war seine vierte Frau. Sie lebten seit fast zehn Jahren friedlich und beschaulich miteinander. Ärgerte er sich über sie, schimpfte er über die Weiber, kollerte eine Zeitlang und ließ sich versöhnen, weil ihm seine Ruhe lieber war als Aufregung. Außerdem hatte Irma so eine nette humorvolle Art.

»Weiber!« rief er jetzt lauter, während auf dem Bildschirm Fäuste und Cowboys durch die Luft wirbelten.

»Du hättest ihm natürlich alles brühwarm erzählt. Und dann wäre womöglich ein Bild von uns in die Zeitung gekommen. ›Rentnerehepaar hilft dem FBI bei der Ergreifung grausamer Verbrecher!‹ Ich seh' das genau vor mir. Und dann? Sense wäre es gewesen mit unserem ruhigen Lebensabend.«

Er sprang auf, stieß die Fäuste in die Hosentaschen und ging wütend vor Irma hin und her.

»Gut, wir haben einen schwarzen Wagen gesehen. Wir glauben auch, uns genau an das Kennzeichen zu erinnern. Weil hier ja kaum mal jemand vorbeikommt, beobachten wir alles, was sich so tut. Es war keiner von denen, die häufig hier vorbeifahren. Vielleicht könnten die Ganoven auf unsere Aussage hin gefaßt werden. Und dann? Die Todesstrafe ist abgeschafft. Irgendwann kommen sie wieder 'raus und rächen sich an uns.«

»So lange leben wir nicht, Henry.«

»Lebenslänglich, das sind vielleicht fünfzehn Jahre. Du siehst dir doch auch jeden Krimi an. Verflixt noch mal, lernst du denn gar nichts daraus? Fünfzehn Jahre können wir noch erleben. Wenn wir schlau sind. Aber wer sagt dir, daß die Burschen den Wagen nicht irgendwo abgestellt und einen anderen geklaut haben? Und wenn sie wirklich geschnappt werden, bevor sie Wind bekommen, wer sie beschrieb, wären wir auch nicht sicher. Kriminelle haben einen langen Arm. Der reicht auch aus dem Zuchthaus bis zu uns.«

»Richtig, Mister Hopkins«, sagte eine Stimme von der Küchentür her.

Irma dachte zunächst, die Beamten seien zurückgekommen. Sie waren in den letzten Tagen häufig hiergewesen. Vom FBI, vom Morddezernat. Immer wieder neue Gesichter.

Doch als sie sich umwandte, weiteten sich ihre Augen vor Entsetzen. Der große, breitschultrige Mann, der da langsam auf sie zukam, hielt eine Pistole in der Hand.

»Keinen Laut, sonst drücke ich ab!« befahl er barsch.

Vorsichtig hatte sich auch Henry umgedreht.

Als erwarte sie Hilfe von ihrem Mann, sah Irma zu ihm hin.

»Hören Sie!« stieß Henry jetzt beschwörend hervor. »Von uns haben Sie nichts zu fürchten. Wir hätten reden können. Aber wir taten es nicht. Wir wollen keinem Schwierigkeiten machen. Außerdem kennen wir Sie nicht.«

»Das holen wir sofort nach.« Der Eindringling grinste breit. »Sie werden mich in den letzten Minuten Ihres Lebens kennenlernen. Wo ist Ihr Revolver?«

Henry schüttelte den Kopf. »Ich habe keine Waffe.«

»Sie hatten keine. Bis gestern. Gestern aber fühlten Sie sich plötzlich nackt ohne Ballermann. Und weil Sie fürchteten, die Formalitäten könnten zu lange dauern, bis man Ihnen einen Waffenschein ausstellt, kauften sie – schwarz.« Sein Blick wurde stechend. »Wo ist das Ding?«

»Was geht Sie das an? Was wollen Sie überhaupt? Uns töten, mit uns handeln, oder was?«

»Es ist besser, ich hole sie 'runter, Henry«, sagte Irma ergeben und wollte auf die Flurtür zusteuern, aber der Ganove packte sie am Arm.

»Danke, Schätzchen! Wir gehen zusammen.« Er warf Hopkins einen bösen Blick zu. »Und wenn du hier unten Dummheiten machst, Opa, hat sie Zugluft im Oberstübchen! Verstanden?«

Henrys Herz klopfte wild. Er zitterte am ganzen Körper. Als er das vertraute Knarren der drittletzten Stufe hörte, schlich er zum Telefon und nahm den Hörer ab. Aber die Leitung war tot. Der Bursche hatte an alles gedacht.

Hopkins hatte sich am Tag zuvor wirklich eine Waffe gekauft. Und sie lag in seinem Nachttisch. Weiber!

dachte er grimmig, als er in die Küche schlich. Hätte Irma geschwiegen, könnte der Gangster jetzt nicht seine letzte Hoffnung an sich nehmen.

Als er mit zitternden Händen im Besteckkasten herumwühlte, hörte er Schritte auf der Treppe. Dann hielt er das lange Messer in der Hand, mit dem er sonst Braten und Geflügel zerteilte.

Zwar war er sich dessen bewußt, daß er gegen einen Pistolenschützen keine Chance hatte. Aber er handelte jetzt in seiner Panik mehr unbewußt.

Quietschend öffnete sich die Flurtür zum Wohnzimmer und Henry verbarg das Messer auf seinem Rücken.

Der Gangster hatte Irma inzwischen gefesselt. Er trieb sie vor sich her, seine Waffe auf ihren Hinterkopf gerichtet. »Los, Oma, nicht so lahm!«

Henry bewunderte seine sonst so ängstliche Frau. Daß sie in dieser Situation überhaupt noch laufen konnte! Sie war leichenblaß, und ihre Lippen bebten. Wieder dieser hilfeheischende Blick. Wie heute schon einmal, als er den FBI-Männern gegenüber so hartnäckig geschwiegen hatte.

Henry Hopkins bereute jetzt. Er bereute aus tiefstem Herzen. Aber was nutzte das? Er mußte irgendwie versuchen, die tödliche Gefahr abzuwenden.

»Sehen Sie denn nicht, daß meine Frau gleich ohnmächtig wird?« fragte er beschwörend. Ob Irma ihn verstand? »Und wenn sie so fällt, mit den Händen auf dem Rücken gefesselt, kann sie sich was brechen.« Während er sprach, ging er immer näher. Er wünschte sich in diesem Augenblick nur eins: Das Messer in den Hals des Verbrechers zu bohren.

»Mir ist so — komisch«, stöhnte Irma und taumelte.

Sie hat verstanden, dachte Henry.

Und während sie nach vorn torkelte, lief er auf den

Verbrecher zu. Er hob den Arm mit dem Messer, wollte zustoßen, aber ein Handkantenschlag gegen den Unterarm setzte ihn außer Gefecht. Das Messer fiel zu Boden, und Irma sank erschöpft in die Knie.

»Ihr verdammten alten Kacker!« Der Gangster richtete seine Pistole auf Hopkins. »Wollt's mit einem Profi aufnehmen. So was Blödes habe ich noch nie erlebt.«

Er ging in die Hocke, ohne Hopkins aus den Augen zu lassen. Und die runde Mündung der Schußwaffe blieb auf den alten Mann gerichtet, als der Eindringling das Messer aufhob.

Jetzt sah Henry, daß der Gangster Handschuhe trug.

Plötzlich und viel zu spät wurde ihm klar, daß es kein Entrinnen mehr gab. Das Gesicht da vor ihm, ohne Strumpfmaske oder entstellenden Bart, war die Visage eines Mörders. Und ihm fehlte alles, Kraft und Erfahrung, um mit einer solchen Bestie fertig zu werden.

»Umdrehen, Oma!« befahl das Scheusal kalt.

»Henry, hilf mir doch!« wimmerte Irma leise. Dann drehte sie sich mit großer Anstrengung auf den Rücken.

Blitzartig stieß der Mörder ihr das Messer in den Hals.

»Irma . . .« Henry Hopkins konnte vor Abscheu und Grauen kaum sprechen, » . . . Irma! Lassen Sie doch — wenigstens — lassen Sie doch meine Frau — am Leben«, stammelte er.

Er hatte über schreckliche Verbrechen gelesen, viele Filme gesehen, in denen Menschen umgebracht worden waren. Aber die Wirklichkeit übertraf alles. Das Blut, das dem Mörder ins Gesicht spritzte war für Henry wie Irmas Leben. Er wußte, daß ihre Halschlagader verletzt war. Auch wenn er sie jetzt in ein Krankenhaus hätte bringen dürfen, die Zeit hätte nicht mehr ausgereicht. Seine Frau hätte nicht einmal mitten in

New York noch eine Chance gehabt. Geschweige denn hier in der Abgeschiedenheit.

»Warum haben Sie das getan?« Er erwartete keine Antwort. Er begriff nur nicht, daß ein Mensch so teuflisch sein konnte.

Der Verbrecher aber erklärte: »Weil eine Schußwaffe fast so verräterisch ist wie ein Fingerabdruck, Opa. Auch bei Messern finden sie oft 'raus, wo die gekauft wurden und von wem. Das war eine prima Idee von dir. Ist ja euer Messer. Und nun kann ich dich beruhigen. Die Schlagzeilen werden ganz anders lauten. ›Alter Mann tötet in Anfall geistiger Umnachtung seine Frau und richtet sich dann selbst.‹ Du bist doch so scharf auf Schlagzeilen, Opa, wie? Wäre ein schöner Nachruf auf dich. Oder?«

Irma liegt im Sterben, dachte Henry Hopkins, und er hörte nicht, was das Scheusal sagte. Er saß jetzt auf dem Boden, die Hände gefaltet. Es war ihm gleichgültig, was mit ihm geschah.

Als der Verbrecher die Mündung an seine Schläfe setzte, bewegte sich Hopkins nicht.

»Tut mir leid, aber Pulverschmauch wollen sie nun mal haben bei Selbstmördern.«

Als auch Henry Hopkins tot war, erledigte der Gangster noch einiges, was ihm wichtig schien. Er reinigte den Messergriff von den Abdrücken seiner Handschuhe und preßte die noch warmen Finger des toten Hopkins um das Holz. Dann legte er diese Mordwaffe so zwischen die alten Leute, als hätte Hopkins sie nach der Ermordung seiner Frau fallen lassen.

Nun nahm er sich die Schußwaffe vor, die Henry Hopkins aus Furcht vor den Anderson-Mördern erstanden hatte, reinigte sie sorgfältig und drückte sie dann in die rechte Hand des Toten. Er wußte, daß ihm hier draußen so schnell keine Gefahr drohte. Deshalb zündete er sich eine Zigarette an, um seine Nerven zu beruhigen, und ging in die Küche.

Im Kühlschrank fand er eine Dose Bier. Er öffnete sie und trank gierig.

Dann rauchte er noch einige Züge, warf die Kippe in den Mülleimer und trank den Rest des Biers. Auch die Dose verschwand im Eimer.

Bevor er ging, sah er sich noch einmal im Wohnzimmer der alten Leute um. Er faßte in seine Jackentasche. Ja, die Stricke, mit denen er die alte Frau gefesselt hatte, waren drin.

Er hatte noch einen langen Weg zum Wagen. Deshalb schaltete er hastig das Licht aus, drückte die Haustür zu und verließ das Haus durch die Terrassentür.

In der Dunkelheit wirkte hier alles anders. Er fürchtete sich nie, aber es wäre für ihn fatal geworden, wenn er den Wagen nicht rechtzeitig erreicht hätte, um seine Erfolgsmeldung durchzugeben. Davon hing nämlich eine Menge Geld ab. Und Geld war das, was er mehr liebte als alles andere auf dieser Welt.

Bevor uns Doc Woodrow in seinen Affenzirkus ließ — wie er selbst gesagt hatte —, riet er mir, die Patienten erst einmal reden zu lassen. »Wenn sie ihren Überdruck losgeworden sind, hören Sie Ihnen eher zu und antworten vielleicht vernünftig. Übrigens benehmen sie sich außerhalb dieses Hauses völlig normal. Sie sind ja nicht geisteskrank und nicht etwa gefährlich. Aber daß hier alles erlaubt ist, wissen sie und werden wohl kaum umschalten, nur weil Sie und Ihr Freund da sind.«

Und dann führte er uns in den Behandlungsraum.

Am meisten wunderte ich mich zunächst darüber,

daß nur fünf Personen anwesend waren. Konnten die solch einen Lärm machen? Ich sollte schon bald hören und sehen, daß sie es konnten.

Das bleiche Mädchen, das uns geöffnet hatte, kauerte in einer Ecke, als wir eintraten. Es zeigte keinerlei Reaktion.

Ein anderes Mädchen in Jeans und engem Pullover saß mit angezogenen Beinen in der Mitte des Raumes, hatte die Knie umschlungen und schaukelte mit zufriedenem Lächeln hin und her. Als es uns sah, verfinsterten sich seine Züge.

»Dies ist Jerry«, stellte uns Woodrow vor, »mit seinem Freund Phil.« Er deutete auf die Bleiche mit der Strickjacke: »Judy Puckley kennen Sie ja schon, sie ließ Sie ins Haus. Und diese junge Dame ist Shirley Gonter.«

Das Mädchen in Jeans hörte auf zu schaukeln. »Wir wollen keine Neuen. Schon gar nicht jetzt.« Shirley fuhr sich aufgeregt mit der Hand durch die kurzgeschnittene Windstoßfrisur. Ihre Bewegungen waren fahrig, unkontrolliert.

Auf dem grünen Teppichboden neben ihr lag ein dunkelhäutiger junger Mann, auf dessen T-Shirt ›Love‹ stand. Wir erfuhren, daß er Tom Hubbard hieß, und machten gleich die wichtige Entdeckung: Sein Gebiß war tadellos in Ordnung. Er fletschte nämlich die Zähne, als wolle er uns beißen. Sein eben noch gutaussehendes Gesicht hatte jetzt große Ähnlichkeit mit dem eines wütenden Schimpansen.

Ich hatte Mühe, mich von diesem seltsamen Anblick loszureißen und Harry Nash zu betrachten, den uns der Doc eben vorstellte. Der junge Mann trug sein Haar schulterlang, es war ebenso schwarz wie sein Schnurrbart. Er stand mit dem Rücken ans Fenster gelehnt.

Unwillkürlich taxierte ich seine Größe. Nein, ihn hätte Kathleen wohl kaum als Hünen bezeichnet. Harry war mittelgroß. Seine dunklen Augen verrieten, daß er uns nicht wahrnahm. Er schien tief in Gedanken versunken.

Der fünfte und letzte im Raum ging an der Wand auf und ab. Fred Cuchran hieß er. Sein blondes Haar war zu einer etwa zwei Zentimeter langen Bürstenfrisur geschnitten. Freds Gesicht war so hager wie sein Körper. Die Augen lagen tief in den Höhlen. Er wirkte krank. Auch körperlich.

»Raus mit den Neuen! Raus mit den Neuen!« fing Shirley an und schaukelte im Rhythmus ihrer Worte hin und her.

»Ja, haut ab!« forderte auch der zähnefletschende Tom.

»Ich verstehe euch, ihr seid heute sowieso aus dem Häuschen«, lenkte Doc Woodrow ein, setzte sich auf den Boden und bot uns mit einer Handbewegung an, dort auch Platz zu nehmen. Aber wir zogen es vor, stehen zu bleiben, und lehnten uns neben der Tür an die Wand.

»Aber die Gäste bleiben da. Im Augenblick könnt ihr sie vergessen. Später haben sie eine Überraschung für euch.«

Shirley schien hier so eine Art Vorsängerin zu sein. Sie begann jedenfalls, uns mit üblen Schimpfworten zu belegen, und die anderen fielen ein wie ein unflätiger Chor.

Woodrow saß da, den Ellbogen aufs Knie und das Gesicht in die Hand gestützt, und verzog keine Miene.

Nach etwa fünf Minuten kannte ich das Repertoire der Gruppe und langweilte mich, weil sie sich ständig wiederholten.

Woodrow klatschte zum Glück endlich in die Hände und rief: »Okay, Ende der Enthemmungsübung! Wir legen uns auf die Wiese und entspannen.«

Der grüne Teppich war also ihre Wiese. Alle gehorchten willig bis auf einen: Harry Nash. Er blieb am Fenster stehen, sein Blick war noch immer starr und ins Leere gerichtet.

»Harry?« fragte Woodrow.

Es klang mahnend, und ich sah plötzlich in ihm einen Dompteur im Raubtierkäfig, der eine seiner Großkatzen auffordert zu gehorchen.

»Ich hab's jetzt«, sagte Harry. Seine sonore Stimme klang ruhig. Und auch beim Sprechen kam kein Leben in seinen Blick. »Endlich sehe ich die Dinge klar. Ich habe Lincoln nicht ermordet.«

Judy und Shirley gaben kleine Schreie von sich und fuhren hoch. Auch Tom und Fred setzten sich auf.

»Ja, wirklich, ich weiß es jetzt. Und das verdanke ich euch. Es ist zeitlich unmöglich. Immer wieder sagtet ihr mir das. Aber was nutzt es, wenn die Leute reden und reden, und man glaubt ihnen nicht, nimmt es nicht auf.«

Woodrows Gesicht spiegelte Zufriedenheit wider. »Na endlich, Harry! Ich bin sehr froh. Es war ein schweres Stück Arbeit, aber nun liegt es hinter uns, und du bist auf dem Wege der Besserung. Entspann dich bitte, Harry, wie die anderen.«

Er wandte sich uns zu. »So ein Schock wie die Sache, die Sie herführte, kann bei einem Kranken auch etwas Positives bewirken.«

Aber im nächsten Augenblick wurde Woodrow herb enttäuscht. Harry legte sich nicht auf die ›Wiese‹. Er blieb eigensinnig stehen und sprach weiter. »Lincolns Mörder bin ich nicht. Aber ich werde jemanden umbringen. Den ersten Versuch machte ich bereits. Ich werde Kathleens Mörder sein.«

Die anderen vier schien das nicht zu berühren. Sie entspannten sich weiter, summten vor sich hin, lagen mit geschlossenen Augen da, und manche lächelten.

»Armer Harry, du redest schon wieder Unsinn.«

»Nein. Diese Gedanken an Lincolns Mörder, Doc, das waren nur Vorbereitungen, und mein Anschlag auf Kathleen war auch nur eine Vorbereitung. Nämlich auf die Tat. Sie wird kommen, ohne daß ich es verhindern kann.«

Harry stürzte plötzlich auf den Arzt zu und kniete sich vor ihm hin. Da der Doc noch immer auf dem Boden saß, waren sie in gleicher Augenhöhe.

»Bitte, Doc, vernichten Sie das Böse in mir! Helfen Sie mir, daß ich es nicht tue. Ich mag Kathleen. Warum soll ein so schönes und gutes Mädchen von meinen Händen sterben? Verhindern Sie es, Doc!« Die letzten Worte waren wie ein gequälter Aufschrei.

Woodrow nahm Harrys Rechte und klopfte sie beruhigend. »Keine Angst, Harry, du hast nicht versucht, Kathleen umzubringen, und du wirst sie auch nicht töten. Ebensowenig wie du Lincoln umbrachtest. Du kannst nicht töten, Harry.«

»Aber woher weiß ich so genau, daß sie mit einer Schlinge am Fenstergriff erhängt wurde?«

»Das hat dir jemand erzählt.«

Jetzt riß mir der Geduldsfaden. »Mich würde es sehr interessieren, wer es Ihnen sagte, Harry Nash«, schaltete ich mich ein. Ich hielt meine Dienstmarke so, daß alle im Raum sie sehen konnten, und Phil tat das gleiche. »Wir sind vom FBI und arbeiten an dem Mordversuchs-Fall Kathleen Anderson.«

Die Stille im Raum schien mit Händen greifbar. Jetzt

erst nahm Harry uns wahr. »FBI! Sind Sie schon hinter mir her?« fragte er mich.

»Nein, nicht hinter Ihnen, hinter dem wirklichen Täter.«

Der Neger saß wie erstarrt da und glotzte mich an. Er hatte längst aufgehört, uns Grimassen zu schneiden. Jetzt wandte er den Kopf zu Harry. »Du unfähiger Tropf. Du Riesenidiot! Du willst einen Mordplan aushecken und ausführen? Daß ich nicht lache!«

Er brüllte vor Lachen, und die anderen fielen ein. Auch Harry lachte mit, obgleich der Scherz auf seine Kosten gemacht worden war.

»Du willst doch bloß unsere Aufmerksamkeit auf dich lenken, unser Mitleid erwecken. Du könntest nicht einmal ein Haus in Brand setzen wie ich. Weil du Angst hättest, Menschen kämen drin um.«

Ich sah zu Woodrow. Unsere Blicke trafen sich, und er nickte kaum merklich. Der dunkelhäutige Tom Hubbard war also Pyromane. Und Harry Nash bildete sich ein, jemand anders zu sein. Langsam erfuhren wir mehr über Kathleens ›Familie‹.

Tom sprang auf, rüttelte Harry an den Schultern und schrie ihn an: »Du liebst sie doch! Hast es oft genug beteuert! Dann stell dich jetzt nicht den FBI-Männern in den Weg. Wenn sie sich mit dir beschäftigen, können sie nicht den wirklichen Täter verfolgen. Kapiert? Wenn du unbedingt ein Mörder sein willst, dann bleib gefälligst bei Lincoln. So langsam glaube ich auch, daß du's warst.«

Wieder lachten die anderen, nur Harry war jetzt der Spaß verdorben. Wütend streifte er die Hände Toms ab, stand auf und ging in eine Ecke. Dort ließ er sich an der Wand hinunter in die Hocke gleiten und starrte wie zuvor ins Leere.

»Die Bullen muß ich auch noch erledigen«, sagte er tonlos. »Ihr werdet sehen. Sie dürfen mich nicht fassen. In einem Gefängnis ginge ich nämlich zugrunde. Und in einer Heilanstalt würde ich verrückt.«

Ich dachte mir mein Teil. Daß sich diese Menschen außerhalb des Hauses normal benehmen sollten, konnte ich nicht glauben. Und ich fragte mich auch, ob Doc Woodrow nicht sehr leichtfertig urteilte, wenn er behauptete, sie seien ungefährlich.

Shirley Gonter saß wieder mit angezogenen Beinen da, hielt die Knie umschlungen und schaukelte. Offenbar war das ihre Lieblingsstellung. »Wenn einer von uns Kathleen hat umbringen wollen, dann aus Habgier«, verkündete sie fest und bestimmt. »Ich traue es jedem von euch Männern zu. Tom, Harry oder Fred. Aber vielleicht habt ihr auch gemeinschaftlich gehandelt.«

»Weiber sind ekelhaft«, sagte Fred Cuchran, der seine Wanderung durch den Raum wieder aufgenommen hatte, als sich Tom mit Harry auseinandersetzte. »Wie schön wäre die Welt ohne Weiber!«

Einige Minuten lang beschimpfte jeder jeden. Von Gemurmel steigerten sie sich zu Gebrüll, die Mädchen keiften schrill. Jetzt wußten Phil und ich, die fünf hatten vorhin den Lärm wirklich allein produziert.

Erstaunlich fand ich, daß sie schwiegen, als Doc Woodrow die Hand hob. »Okay, ihr habt euch ausgetobt, jetzt bitte produktiv weiter. Fragen Sie nur, Jerry.«

»Für Shirley wäre es sicher gut, wenn sie ihren Verdacht ausführlicher begründen könnte. Und für uns ist es unter Umständen lehrreich.«

»Kathleen hat uns oft von Männern erzählt, die sie verfolgten. Vielleicht waren das die drei da.« Sie wies der Reihe nach auf Fred, Tom und Harry. »Mir werfen diese Burschen nämlich immer Habgier vor, weil ich klaue. Aber ich muß einfach klauen, obwohl ich die Dinge gar nicht brauche, die ich mitnehme. Meist schmeiße ich sie später weg. Hat das vielleicht was mit Habgier zu tun? Aber die da würden kaltblütig einen Menschen töten, um ihn zu beerben.«

Shirley war also Kleptomanin. Aber was sie übers Erben sagte, leuchtete mir nicht ein.

Ich wandte mich an den Blonden mit der Bürste. »Was sagen Sie zu all dem, Fred!« Von ihm wußten wir noch nichts. Außer, daß er Weiber ekelhaft fand und die Welt von ihnen entvölkern wollte. Seine innere Unruhe, die er durch ständiges Umherlaufen abzureagieren suchte, deutete aber darauf hin, daß bei ihm auch nicht alles im Lot war.

Jetzt, als ich ihn persönlich ansprach, kam er auf mich zu, stellte sich mir gegenüber und sah mich an. Sein Blick war unstet.

»Die spielen sich doch alle bloß auf. Merken Sie denn das nicht? Der einzige Kriminelle hier war ich. Aber ich wurde nicht geschnappt. Ich habe Rauschgift genommen, und um es bezahlen zu können, habe ich auch gedealt. Ich kann ruhig darüber sprechen. Es ist vorbei.«

Verächtlich blickte er in die Runde. »Die da wollen beachtet werden, und deshalb behauptet Harry, er wäre Lincolns Mörder. Deshalb klaut Shirley, deshalb hat Tom irgendwo einen Heuhaufen angezündet. Uns will er weismachen, es wäre ein Haus gewesen.«

»Drei Häuser!« schrie Tom und zog wieder Grimassen.

»Okay, von mir aus dreißig. — Wichtigtuerei. Und Kathleen ist genau wie die. Diesen Mordversuch hat sie vorgetäuscht. Das können Sie mir glauben. Damit wir sie alle noch liebevoller behandeln, wenn sie zu uns zurückkommt.«

»Sie hängt wohl sehr an Ihnen allen?«

»Jetzt, wo ihr Alter abgekratzt ist, hat sie ja nur noch uns. Verwöhntes reiches Mädchen. Zum Kotzen! Wir haben uns 'ne Menge angehört. Wie grausam ihre Kindheit war. Huch nein, dieser Reichtum, wie belastend! Wenn man alles hat und kriegen kann, was ist das Leben dann noch wert?«

Fred stieß mit dem Zeigefinger wild in die Luft und redete weiter. »Und ich finde Menschen großartig, die sich aus Mülltonnen ernährt haben. Eine Kathleen Anderson ist trotz ihrer Goldsäcke für mich ein Nichts. Was hatte die denn für Sorgen? Daß ihr Vater sie nicht in den Schlummer sang, weil er damit beschäftigt war, die nächste Million zu scheffeln. Sind das echte Probleme?«

Sein fahles Gesicht hatte sich in der Erregung gerötet.

»Sie mögen Kathleen nicht?«

»Ich lehne sie ab. Genau wie die da.«

»Aber warum kommen Sie dann her?«

»Irgendwo muß ich mich wieder an Mitmenschen gewöhnen. Ich war ja monatelang auf meinen Trips isoliert. Und mit Süchtigen oder Leuten, die sich das Fixen abgewöhnt haben, will ich vorläufig nicht zusammenkommen.«

»Angst vor einem Rückfall?«

»Und ob!«

Shirley lachte schrill. »Uns kann er nicht leiden. Die arme Kathleen, die keinem etwas getan hat, beleidigt er. Schmeißt doch den Mistkerl 'raus!«

Jetzt kam Harry wieder aus seiner Ecke hervor. »Ich spiele mich nicht auf. Ich wäre froh, wenn ich keine — Vorstellungen da drin hätte.« Er hieb sich mit der Faust auf den Kopf. »Aber was tut er denn? Er kriecht Ihnen ja praktisch in den Hintern, Mister. ›Ich bin der einzige Kriminelle hier!‹ Ha, ha! Er kann darüber sprechen, es ist vorbei. Glauben Sie das bloß nicht. Jeder hier kann bezeugen, wie er sich aufführt, wenn er auf der Reise ist. Da kann einem angst werden. Er kriegt immer noch Stoff! Das sage ich! Und der gehört überhaupt nicht in unsere Gruppe.«

Der Tumult, der nun losbrach, wurde ohrenbetäubend. Doc Woodrow machte uns ein Zeichen hinauszugehen und draußen auf ihn zu warten.

Phil und ich sahen uns schweigend an, als wir in der poppigen Halle standen.

Mein Freund stöhnte nur leise, während ich zuhörte, wie der Arzt auf die Gruppe einredete. Langsam glätteten sich drin die Wogen der Erregung, und dann kam Woodrow heraus.

»Tut mir leid, daß Sie nichts erfahren konnten. Aber ich sagte Ihnen ja, sie sind heute viel zu unruhig. Vielleicht probieren Sie es morgen noch einmal. Ich kann ja vorher sagen, daß Sie kommen.«

»Ziemlich zeitraubende Befragung«, brummte Phil.

»Ich hätte eine Bitte, Doc«, sagte ich. »Sie wickeln Ihre Schutzbefohlenen ja um den Finger. Fragen Sie doch jeden nach seinem Alibi für die vergangene Nacht. Am besten nehmen Sie die Antworten auf Band auf, und ich höre mir das dann an. Wenn es nötig ist, einzuhaken, kann ich das dann nachholen.«

»Tue ich gern für Sie, Mister Cotton.«

»Über Judy Puckley haben wir übrigens gar nichts erfahren. Woran leidet sie denn?«

»Ganz gut, daß sie geschwiegen hat. Das Mädchen war bei mir in Behandlung wegen Schlafstörungen. Seitdem werde ich sie nicht mehr los. Sie lief mir nach wie ein Hund. Schlief sogar auf dem Pflaster vor meinem Auto. Mehrfach drohte sie mit Selbstmord. Als ich dann das Haus hier mietete, stellte ich sie ein. Sie hält alles in Ordnung und nimmt an allen Gruppenstunden teil. Vielleicht findet sie irgendwann mal jemanden, von dem ihre Gefühle erwidert werden.«

»Ich hoffe übrigens sehr — in Ihrem Interesse —, daß keiner aus der Gruppe irgendwie straffällig wird.« Ich mußte ihm das einfach sagen. »Ich finde zumindest Tom und Harry gefährlich. Und wenn Fred weiterhin Rauschgift nimmt . . .«

»Aber Mister Cotton, ich bin doch kein Narr. Draußen sind die völlig unauffällig. Glauben Sie mir das. Oder wenn Sie es nicht können, treffen Sie sich mal einzeln mit ihnen. Wie umgewandelt. Das ist ja der Sinn meiner Gruppenarbeit. Hier können sie sich völlig ausleben. Gedanklich wohlverstanden. Im Rahmen, den ich abstecke. Und Fred hat seit Wochen keine Drogen mehr bekommen. Aber es stimmt, er leidet noch unter Horror-Trips. Sie wissen ja sicher, daß nach langem Gebrauch von LSD als Nachfolgerscheinungen Horror-Trips auftreten können. Auch wenn der Patient keine Suchtmittel mehr bekommt. Fred wohnt sogar hier im Haus, und Judy schließt ihn jeden Abend ein. Er kann sich gar nichts beschaffen. Außerdem würde ich es ihm anmerken.«

»Nun habe ich nur noch eine Frage. Shirley sprach von Habgier und der Möglichkeit, die Männer wollten Kathleen beerben. Das war doch wohl auch bloß leerer Wahn?«

Woodrow strich sein wirres Haar glatt. »Nicht ganz. Kathleen versprach der Gruppe, sie als Erben einzusetzen. Nach dem schrecklichen Tod von Mister Anderson war Kathleen natürlich einsam und für Geborgenheit dankbar. ›Ihr seid jetzt meine Familie‹, sagte sie, ›und deshalb setze ich euch auch als Erben ein.‹ Es ist typisch für Shirley, die ja nun wirklich sehr geplagt ist von ihrem Drang, sich fremdes Eigentum anzueignen, daß sie die anderen auf diese Weise beschuldigt.«

Der Tumult in dem Behandlungsraum wurde wieder lauter, und ich sagte: »Wir halten Sie jetzt nicht länger auf. Aber ich würde mich morgen gern mit Ihnen über Kathleens Verfolger unterhalten.«

»Selbstverständlich. Wenn Sie die Tonbandaufnahmen abhören, die ich jetzt nicht machen werde. Diese Figuren, die sich Kathleen einbildet, sind psychologisch sehr interessant.«

Als sich die Wagenschläge meines Jaguars geschlossen hatten, sagte Phil: »Jetzt ein kühles Bier, Jerry, in einer gemütlichen Kneipe. Und bitte kein Wort mehr über Psychologie!«

»Da haben wir ja mal wieder die gleichen Wünsche. Und die werden wir sofort befriedigen.«

Die verräucherte Atmosphäre tat uns nach Woodrows Spielwiese richtig gut.

Als ich später erschöpft in mein Bett fiel und gerade wegtauchen wollte, kam mir ein Gedanke, der mich wieder hellwach machte. Eine wichtige Frage war unbeantwortet geblieben. Von wem hatte Harry erfahren, daß Kathleen am Fenstergriff aufgeknüpft gefunden worden war?

Ich hielt Harry für gefährlich. War er doch der Verfolger? Zwar stimmte seine Körpergröße nicht mit Kathleens Aussage überein. Aber in der Panik sieht man einen Angreifer anders als bei ruhiger Betrachtung. Außerdem gibt es in jedem guten Schuhgeschäft Elevator-Schuhe für Männer, die einen erheblich größer machen und dann waren Klotzschuhe für Männer gerade modern gewesen und wurden von manchen noch immer getragen.

Eine freundliche Telefonistin unserer Zentrale hatte innerhalb weniger Minuten die Nummer des von Woodrow gemieteten Hauses in Yonkers gefunden, obgleich der Anschluß noch nicht auf Woodrow umgeschrieben war. Sie haben so ihre Tricks, unsere Damen.

Ich mußte eine Zeitlang warten, dann meldete sich Judy Puckley. »Tut mir leid, Judy, habe ich Sie aus dem Bett geholt?«

»Das macht nichts, Mister Cotton.« Ich erfuhr, daß Woodrow und die Gruppe fort waren. »Ich habe Fred schon eingeschlossen. Soll ich ihn rufen?«

»Nein, sicher können Sie mir auch helfen. Von wem erfuhr die Gruppe, was Kathleen zugestoßen ist?«

»Von Harry«, antwortete sie, ohne zu zögern.

»Telefon hat er sicher nicht.«

»Doch, die Nummer kann ich Ihnen gleich geben.« Wie eine gute Sekretärin fand sie ihre Liste offenbar sofort. Nachdem ich notiert hatte, fragte ich: »Ist das eine Pension?«

»Nein, Harry hat ein Apartment. Er verdient gut. Arbeitet als Verkäufer in einem Eisenwarengeschäft.«

Diese Menschen waren eine merkwürdige Mischung aus normal und verrückt. Ich konnte mir Harry kaum vorstellen, wie er höflich und bieder einem Kunden einen Hammer verkaufte. Wohl aber, wie er dem Kunden mit dem Hammer eins auf den Kopf gab.

Harry meldete sich gleich. Auf meine Frage aber wußte er zunächst keine Antwort. »Das ist ja das Merkwürdige. Ich kann mich nicht erinnern, wer es mir sagte. Es ist so, als hätte ich es geträumt.«

»Was haben Sie denn vergangene Nacht gemacht?«

»Das hat der Doc auch schon gefragt. Geschlafen. Ich verließ das Haus etwa eine Stunde nach Kathleen. Pete hatte uns allen empfohlen, bei dem schönen Wetter zu laufen. Also ging ich durch den Park und schlenderte dann noch fast zwei Stunden lang durch Manhattan. Wahrscheinlich habe ich deshalb so tief und fest geschlafen, daß ich eine Viertelstunde zu spät ins Geschäft kam. Nach Ladenschluß fuhr ich sofort mit dem Bus nach Yonkers. Der Doc nahm mich gleich dran, und dann ging ich in den Gruppenraum zu den anderen.«

»Der Doc nahm Sie mit was dran?«

»Zur Analyse in leichter Hypnose.«

Als ich einhängte, war ich nicht viel schlauer als zuvor. Judy behauptete, die Gruppe habe es von Harry erfahren. Harry erinnerte sich nicht, wer es ihm gesagt hatte. Es war ihm, als habe er es geträumt.

Ob es ihm der Doc während dieser Analyse gesagt hatte?

Aber dafür gab es keinen Grund.

Ich wühlte meinen Kopf in mein Kissen, als könnte ich so die Gedanken an die Wirrköpfe ausschalten. Dann schon lieber gerissene Lügner verhören, dachte ich. Vielleicht hatte Harry Kathleen verfolgt, fast erhängt und die Erinnerung daran verdrängt? Später in der Gruppe kam ihm wieder zu Bewußtsein, was er angerichtet hatte.

Weshalb aber log er dann jetzt und erzählte mir, er hätte prächtig geschlafen?

Mit Logik war diesen Typen wohl kaum beizukommen.

Endlich gelang es mir, sie alle aus meinen Gedanken zu verbannen.

Meist schlafe ich tief und traumlos. Besonders, wenn ich einige Nächte zu kurz gekommen bin. Diesmal war es anders.

Hatten die Patienten Woodrows meine Psyche angekratzt?

Ich träumte von einem brennenden Heuhaufen, den jemand in mein Zimmer gebracht hatte. Es wurde immer heißer, ich bekam kaum noch Luft. Ich wollte husten, aufspringen, das Fenster öffnen, aber ich konnte mich nicht bewegen.

Schon raste die Feuerwehr heran. Obgleich ich in Lebensgefahr war, wunderte ich mich über das merkwürdige Klingelzeichen des Löschwagens. Meinem Telefon zum Verwechseln ähnlich. So blödsinnig kann man nur im Traum denken.

Vor dem Apartmenthaus, in dem ich wohne, lungerte in den frühen Morgenstunden des Sonntags ein Mann herum. Als der Portier seine Glaskabine für kurze Zeit verließ, trat der Mann an die Tür und studierte die Namensschilder. Dann eilte er davon.

Einige Blocks weiter beschäftigte er sich längere Zeit in einer Telefonzelle. Nachdem er verschiedene Nummern notiert hatte, wählte er, hängte ein, ohne sich zu melden, und das wiederholte sich, bis er eine Frauenstimme hörte. »Hier ist der Elmer-Blumen-Service«, gab der Mann vor. »Spreche ich mit Miß Miller?«

»Allerdings! Aber Sie haben wohl einen Sprung in der Schüssel, mich mitten in der Nacht . . .«

»Bitte um Entschuldigung, ich bin froh, daß wir Sie endlich erreicht haben. Für Sie wurde ein Strauß im Wert von dreißig Dollar bestellt, und Sie hätte ihn gestern abend schon bekommen müssen.«

»Dreißig Dollar. Wow!« Die Frau war jetzt weniger unwirsch. »Ich bin gleich aus dem Geschäft zum Essen abgeholt worden und erst spät heimgekommen.«

»Eben! Und ich habe versäumt, eine Benachrichtigung in Ihren Kasten zu werfen. Wenn Ihr Verehrer aber reklamiert und mein Chef davon erfährt, fliege ich 'raus. Das wollen Sie doch nicht? Ich könnte den Strauß gleich bringen. Wäre schade, wenn das Dutzend Rosen welk bei Ihnen ankäme.«

»Wer ist denn der edle Spender?«

»Es hängt ein zugeklebtes Kuvert an dem Bukett. Und darin ist noch etwas, das sich wie ein Schmuckkästchen anfühlt. Ein Grund mehr, daß ich diesen Auftrag erledigen will, bevor hier kontrolliert wird. Könnte noch etwas Wertvolles drin sein.«

»Meine Zeit! Das ist allerdings spannend. Dann tanzen Sie mal an. Wie spät ist es eigentlich?«

»Fünf Uhr.«

»Merkwürdig, daß sonntags so früh ausgeliefert wird.«

»Ich sagte doch schon, ich habe das versiebt und möchte es erledigen, bevor die Kontrolle kommt. Ich hätte den Strauß ja beim Portier abgeben können. Wenn Sie wollen, belästige ich Sie nicht und lasse ihn unten.«

Sie lachte leise. »Bringen Sie ihn nur 'rauf! Und ich werde mich nicht über Sie beschweren. Sie sollen Ihr Trinkgeld bekommen! Deshalb tun Sie doch das alles.«

»Aber Miß!« Er spielte den Entrüsteten. Dann bat er sie, den Portier zu verständigen und hängte ein.

Aus seinem Wagen, den er in der Nähe geparkt hatte, holte er einen Strauß und einen in Geschenkpapier verpackten Karton.

Als er wieder vor dem Apartmenthaus stand, blickte

der Portier auf, lächelte und öffnete ihm die Tür. »Muß ja ein feuriger Liebhaber sein, der sich um diese Zeit in Erinnerung bringt.«

Der ›Bote‹ nickte grinsend. »Sie und ich, wir erleben so einiges. Ist ausdrücklich gewünscht worden, daß ich um diese Zeit liefere. Es gibt schon komische Käuze. Aber ich habe sowieso Nachtdienst, und der Kunde ließ einen Fünfer springen.«

Miß Miller schien noch immer etwas mißtrauisch zu sein, denn sie späte durch einen Türspalt, und der ›Bote‹ sah, daß die Sicherheitskette vorgelegt war. »Wenn ich den Strauß durchquetsche, sind die Rosen hin«, sagte er. »Aber ich lege ihn hier vor die Tür. Sie haben recht, man kann nicht vorsichtig genug sein.«

»Nein, Moment! Sie sollen Ihr Trinkgeld haben.«

Er bückte sich und legte den Strauß auf die Matte. »Nicht nötig. Der Kunde hat großzügig bezahlt.«

Die Frau schloß die Tür, um die Kette zu lösen, und als sie wieder öffnete, war der ›Bote‹ verschwunden. Kopfschüttelnd nahm sie die Blumen und wickelte sie aus. Der Anblick lohnte es, so früh aufzustehen. In dem Kästchen jedoch war nichts Wertvolles. Ein Hufeisen aus vergoldetem Metall, wie man es in jedem Kaufhaus bekam. Und auch die Worte auf dem beiliegenden Kärtchen gaben ihr keinen Hinweis auf den Rosenkavalier. ›Denk an mich‹, stand da in steifer Druckschrift.

Sie stellte die Rosen in Wasser und legte sich wieder hin. Wahrscheinlich hat Sam noch etwas getrunken, nachdem er mich heimbrachte, und dann diese Schnapsidee gehabt. Und der Bote bekam ein gutes Trinkgeld, damit er mir die komische Geschichte erzählte. Vielleicht ist Sam doch ganz nett. Mit diesem Gedanken schlief sie wieder ein.

Jeweils zwei Stufen auf einmal nehmend, lief der ›Bote‹ zum achten Stock des Apartmenthauses hinauf. Den in Geschenkpapier gewickelten Karton hatte er abgestellt, bevor er zu Miß Millers Tür gegangen war.

Jetzt öffnete er ihn und nahm sein Einbrecherwerkzeug heraus. Die geschickten Bewegungen verrieten den Profi, als er sich an dem Schloß zu schaffen machte. Innerhalb weniger Minuten hatte er die Falle zurückgeschoben, und die Tür schwang auf.

Er blieb eine Weile bewegunglos stehen und lauschte. Der Strahl seiner Taschenlampe huschte durch den Flur, über die Garderobe. Nichts.

Dann glaubte er plötzlich, schwache Geräusche zu vernehmen, so als wenn sich jemand im Schlaf herumwälzte. Eine Bettfeder knarrte.

Der Mann schlich weiter, blieb abermals stehen und vernahm jetzt ganz deutlich die leisen Atemzüge des Schlafenden.

Er schaltete die Taschenlampe aus und gelangte nach einigen weiteren Schritten an die Schlafzimmertür. Sie war nur angelehnt. Ohne ein Geräusch zu verursachen, öffnete er sie.

Wieder lauschte er. Dann zog er aus dem Karton einen kleinen Kunststoffkanister, schraubte ihn auf und schlich zu dem Schläfer.

Er hob den Kanister und wollte das Benzin über die Bettdecke schütten und dann, langsam rückwärts gehend, den dicken Läufer, der bis zur Wohnungstür führte, ebenfalls damit tränken.

In diesem Moment hörte er, wie der Schläfer sich bewegte, sich in seinem Bett herumwarf.

Dem Gangster sträubten sich die Haare. Er tastete zur Schußwaffe in seiner Kitteltasche, da schrillte plötzlich das Telefon.

66

Der Gangster verschwand mit einem Satz aus dem Schlafzimmer, dabei ließ er den kleinen Benzinkanister fallen, und ein Teil der scharf riechenden, wasserhellen Flüssigkeit ergoß sich über den Läufer.

Der Gangster stieß eine Verwünschung aus. Er mußte etwas tun, und zwar gleich.

Schießen? Nein!

Gedankenschnell bückte er sich, holte sein Feuerzeug hervor und knipste es an, dann hielt er es an den zum Teil mit Benzin getränkten Läufer.

Die Flamme puffte empor, hüllte im Nu den Flur ein und sprang bis zu dem am Boden liegenden Kanister vor, umlief ihn, und nochmals puffte eine Flamme hoch.

Hitze breitete sich im Raum aus. Das Benzin verbrannte, aber weder der Läufer noch andere Einrichtungsgegenstände standen lichterloh in Flammen. Beißender dichter Qualm stieg zwar auf, der dicke Läufer schwelte und auch ein paar der Schränke und Holzverschalungen begannen zu glimmen — doch das war alles.

Der Mann in dem Kittel, den er zur Tarnung angezogen hatte, starrte auf dieses Phänomen, nur für den Bruchteil einer Sekunde vielleicht. Er begriff, daß der Läufer ebenso wie alle anderen Einrichtungsgegenstände dieses Apartments imprägniert und damit schwer entflammbar war.

Sein Plan war zum Teufel — was jetzt? Dieser verdammte Cotton durfte keine Zeit bekommen, völlig wach zu werden. Er wußte, wie gefährlich dieser G-man war.

Wieder schrillte das Telefon. Cotton warf sich herum, atmete tief und hustete.

Hinter dem Gangster züngelten nun doch die ersten

Flammen empor, erfaßten einige Zeitschriften, sodann Bücher. Dichter Qualm breitete sich weiter und weiter aus, und zu alledem war es dunkel in dem Apartment, bis auf den Widerschein des hier und da aufflackernden Feuers.

Mit einem Satz stand der Verbrecher vor dem Bett des hustenden und eben erwachenden Mannes. Er hob den Revolver, den er noch immer in der Rechten hielt, und holte aus zum tödlichen Schlag.

Ich versuchte, die Augen zu öffnen, um die Löscharbeiten zu beobachten, und plötzlich — schlagartig war ich voll da.

Der beißende Qualm war echt, und mein Telefon läutete ununterbrochen. Den Löschwagen hatte mein Unterbewußtsein produziert.

Aber ich sah etwas anderes, das sich mir einprägte, wie ein Brandzeichen auf Kälberfell. Obgleich ich den Burschen nur Sekundenbruchteile sehen konnte, würde ich dieses Bild wohl nie vergessen.

Er war groß und breitschultrig. Mehr konnte ich nicht erkennen. Von einer Lichtquelle auf dem Flur wurde er matt angestrahlt, und deshalb erschien er mir wie eine Silhouette.

Seine Rechte hob sich, und er kam auf das Kopfende des Bettes zu.

Als die Faust mit dem Revolver heruntersauste, hatte ich mich schon zur Seite geworfen.

Nach Luft ringend, sprang ich aus dem Bett und trat — auf Glut. Während ich zum Fußende hingeschnellt war, hatte er sich wieder aufgerichtet.

Meine Linke landete in seiner Magengrube, und mit der Handkante der Rechten traf ich seinen Hals. Allerdings waren meine Schläge nicht so kraftvoll wie sonst. Das lag einmal an meinem unsicheren Stand. Ich mußte wegen der Hitze unter meinen nackten Sohlen ständig von einem Fuß auf den anderen treten. Außerdem konnte ich in dem stinkenden Qualm nur flach atmen, und meine Augen begannen zu tränen.

Nur so kann ich es erklären, daß er nicht zu Boden ging.

Aber auch ihm schien der Qualm zuzusetzen. Er hustete und torkelte von mir weg auf den Flur zu.

Seine Waffe wollte er jetzt offenbar nicht mehr benutzen. Tränten ihm die Augen auch so wie mir?

Ich dachte nur daran, daß ich ihn k. o. schlagen mußte, um zu erfahren, wer er war und weshalb er mich angegriffen hatte. Ein Verrückter?

Er flüchtete. Eben wollte ich ihm nach, da prasselte es hinter mir. Der Läufer vor meinem Bett brannte plötzlich wie Zunder. Flammen leckten bis hinauf zur Bettdecke, und auch sie loderte in der nächsten Sekunde wie eine Fackel.

Es ging mir nicht darum, meine Habseligkeiten zu retten. Aber in diesem Haus wohnten eine Menge netter Menschen, die ich Tag für Tag sah, wenn sie zur Arbeit gingen oder müde nach Hause kamen. Und nur weil sie mit einem FBI-Mann unter einem Dach wohnten, hatten sie kein Todesurteil verdient, meinte ich.

Der Mistkerl kann dir in den Rücken schießen! warnte mich eine innere Stimme. Doch diesmal stellte ich mich taub.

Noch einmal bekam ich heiße Fußsohlen, als ich zum Kopfende des Bettes sprang. Ich zerrte das Bettuch los und rollte es samt Kissen und der brennenden Decke zum Fußende hin.

Mit dem Kopfkissen konnte ich einen Teil der Flammen ersticken. Und dann trug ich das brennende Bündel weit von mir gestreckt ins Bad.

Wahrscheinlich war ich von dem giftigen Dunst so benebelt, daß ich nicht mehr an den Gangster dachte. Ich warf das brennende Bettzeug in die Badewanne und drehte den Hahn auf.

Dann rannte ich ins Schlafzimmer zurück. Am liebsten hätte ich jetzt das Fenster geöffnet, aber zuerst mußte noch der Teppich fort.

Ich griff mir irgendwas von einem Stuhl und drückte damit die Flammen aus. Vor allem die brennenden Zeitschriften und Bücher. Später stellte ich fest, daß es meine neue Hose gewesen war.

Als der Läufer nur noch schwelte, rollte ich ihn fest zusammen, trug ihn ebenfalls ins Bad und duschte ihn und das stinkende Bettzeug mit der Handbrause, bis nur noch ein übelriechender schwarzer Brei in der Wanne schwamm.

Dann sah ich mir mein Schlafzimmer an, und als ich nirgends Flammen oder Glut entdeckte, riß ich das Fenster auf und holte tief Luft.

Noch immer schrillte das Telefon. Aber jetzt mußte ich erst wieder klarsehen. Ich wischte mir die Augen mit dem Ärmel meines Pyjamas, dann rannte ich auf den Flur.

Die Tür meines Apartments stand offen. Hatte der Brandstifter das Weite gesucht?

Vielleicht lauerte er hinter einer anderen Tür der Wohnung. Wie auf Eiern ging ich ins Schlafzimmer zurück. Nicht weil ich vermeiden wollte, Geräusche zu verursachen. Ich hatte mich in den letzten Minuten leichtsinnig genug verhalten und glaubte nicht, daß der Bursche noch da war. Aber meine Fußsohlen schmerzten wie nach einem Gewaltmarsch.

Ich nahm meinen .38er, entsicherte ihn und stieß dann nacheinander sämtliche Türen meiner Behausung auf.

Meine Vermutung war richtig, der Kerl hatte sich abgesetzt.

Nachdem die Vorplatztür wieder zu war, trabte ich zurück ins Schlafzimmer. Jetzt konnte ich meine glühende Verehrerin mit meiner Stimme beglücken.

»Cotton.«

»Ich dachte, Sie wären gestorben.«

In unserem Beruf hat man oft Gelegenheit zu stutzen. Aber wohl selten mit mehr Grund als ich in diesem Augenblick.

»Ach, sind Sie der Knabe, der das eben veranlassen wollte?« fragte ich ein wenig benommen. Giftige Dämpfe wirken sich bekanntlich grade auf die Gehirntätigkeit aus, wenn eingeatmet.

»Haben Sie aber Humor!«

»Muß ich doch. Also, weshalb wollten Sie mich rösten?«

»Ich? Sie rösten? Tun Sie mir bitte einen Gefallen, nehmen Sie mich nicht auf den Arm. Ich brauche Ihren Rat.«

Zwar habe ich in Stunden des Stoßverkehrs die Behauptung von Margot Asquit immer etwas übertrieben gefunden. Diese Dame schwärmte von unserer Metropole: ›Ich habe niemals eine moderne Stadt gesehen, die sich mit New York vergleichen ließe. Die Farbe des Gesteins und die Leichtigkeit der Luft müßten selbst einem toten Körper Lebenskraft einflößen.‹

Aber mein vom Giftgas des Brandes umnebeltes Gehirn wurde jetzt tatsächlich klarer, und das danke ich zweifellos dem offenen Fenster, das hereinließ, was New York noch an Sauerstoff zu bieten hatte.

Resultat der Belebung eines — wenn auch nicht toten, so doch — geschädigten Gehirns: Ich erkannte die Stimme des Anrufers. Es war Fred Cuchran, der meine Hilfe brauchte.

»Okay, Fred, lassen wir die Witze«, sagte ich, obgleich ich eigentlich keine gemacht hatte. Aber so ist es, wenn man die Wahrheit sagt. Lügen werden eher geglaubt. »Was kann ich für Sie tun?«

»Ich hatte wieder einen meiner Horrortrips. Und ich schwöre Ihnen, ich nehme nichts mehr. Bloß was mir der Doc gibt. Aber das sind harmlose Kräuter-Tees, damit ich schlafen kann. Sie haben doch Erfahrung mit Rauschgiften und den Folgeerscheinungen. Wie lange muß ich das noch aushalten?«

Ich wußte, daß es nach LSD-Mißbrauch solche Spätschäden gibt. Auch nach längerem Entzug geht so mancher Rekonvaleszent plötzlich auf eine unbeabsichtigte Reise.

»Fred, meinen Sie nicht, daß Pete Ihnen jetzt besser raten könnte als ich?«

»Natürlich. Aber er ist nicht zu Hause. Ich habe ständig versucht, ihn zu erreichen. Er ist weg.«

»Wo sind Sie jetzt?« fragte ich vorsichtig. Vielleicht stimmte das, was Harry unterstellt hatte. Vielleicht nahm Fred noch immer LSD und ging ›ganz normal‹ auf Reise.

»Im Gruppenhaus in Yonkers, wo denn sonst. Ich habe so getobt, daß mir Judy die Tür öffnete und mich ans Telefon ließ. Sie hat die ganze Zeit hier wie ein Hündchen vor mir gesessen, während ich Docs und dann Ihre Nummer gekurbelt habe. Na ja, sie ist mein Wachhund. Und der Doc würde sie ganz schön fertigmachen, wenn sie mich 'rausließe. Aber telefonieren darf ich wenigstens. Sie können sich nicht vorstellen, wie so ein Horrortrip ist. Jetzt geht's schon wieder. Aber wollen Sie mir nicht raten? Dann schaffen Sie den Doc her!«

»Lassen sie mich mal mit Judy sprechen, Fred. Vielleicht können wir uns einigen, was Sie jetzt noch an Tee nehmen dürfen.« Ich war verdammt mißtrauisch geworden. In Verbindung mit dieser Gruppe geschah ein Verbrechen nach dem anderen. Jemand log und war durchaus nicht hilflos. Allerdings konnte ich auch nicht mit Sicherheit sagen, daß der Täter aus der Gruppe stammte.

»Judy schläft, und ich wecke sie jetzt nicht. Wenn Sie kein besseres Mittel haben, sind Sie auch bloß ein armer Arsch.«

Es klickte in der Leitung. Er hat überhaupt keinen Respekt vor mir, dachte ich. Manchmal bin ich mir selbst gegenüber ironisch. Grade hatte mich jemand umbringen wollen, und ein anderer nannte mich – na, nicht direkt einen Helden.

Ich wählte Phils Nummer und mußte eine halbe Zigarettenlänge warten, bis er sich meldete.

»Was Wichtiges, Jerry?« fragte er dann verschlafen.

»Mein Schlafzimmer stinkt mir.«

»Meins nicht. Gute Nacht!«

Bevor er auflegen konnte, rief ich: »He, Phil, jemand wollte mich umbringen!«

»Das bist du doch gewöhnt. Sonst noch was?«

»Na schön, fahre ich eben allein nach Yonkers.«

»Du fährst . . . Wieso?« Jetzt kam er zu sich. »Jerry?« fragte er, als ich nicht antwortete. »Hast du eben was von einem Mordanschlag gesagt?«

»Ja. Und du wolltest trotzdem weiterschnarchen.«

»Jerry, das werde ich mir nie verzeihen.«

Ich konnte ihn vor mir sehen, wie er jetzt die Beine

aus dem Bett schwang, eine Zigarette anzündete und sich durchs Haar fuhr. »Was war denn los?«

»Erzähle ich dir auf der Fahrt. Dieser Fred braucht, glaube ich, wirklich Hilfe. Unterwegs kannst du ja versuchen, Woodrow zu erreichen. Angeblich ist der nicht zu Hause.«

»Bin sofort ungewaschen an der Ecke. Hast du einen Verdacht?«

»Nein.« Ich hängte auf und betrachtete meine Fußsohlen. Sie waren nur etwas gerötet. Der Anblick war lächerlich im Verhältnis zum Schmerz.

Ich zog mich in der Küche an und bereitete mir dabei eine Doppeltasse starken Kaffees. Wenigstens sonntags darf man sich ja mal verwöhnen.

Aufs Rasieren verzichtete ich, denn mir war es wichtig, Fred anzutreffen — oder nicht.

Als ich am Portier vorbeilief, rief ich ihm zu: »Denken Sie mal drüber nach, wer in den letzten Stunden das Haus betreten hat. Ein Mörder war auch dabei.«

Phil stand schon an der Ecke, als ich den Jaguar an den Straßenrand lenkte. Er setzte sich neben mich und brummte: »Man sagt ja eigentlich: Guten Morgen. Aber das einzig Gute an diesem Morgen ist wohl, daß du noch lebst. Wie solltest du denn über die Klinge springen?«

»Infernalisch. Bei oberfächerlicher Betrachtung meiner Wohnung habe ich gesehen, daß der Täter eine Menge von ›Tatwerkzeugen‹ hinterließ. Er wollte mich verbrennen.«

»Hm, paßt doch genau zum Anderson-Fall. In der Gruppe ist ein Pyromane. Der Neger Tom Hubbard. Und wenn er jetzt dich umbringen wollte, hat er wohl auch Kathleen aufgeknüpft. Und vielleicht sogar vorher ihren Vater entführt und in die Luft gesprengt.«

»Jeder aus der Gruppe könnte mich auf eine Weise ermordet haben wollen, die auf den Pyromanen hinweisen würde«, sagte ich, und ich freute mich, daß mein Denkapparat wieder funktionierte.

»Du riechst nach Rauch«, stellte Phil fest.

»Klar, ich sollte ja auch verkohlen, Sportsfreund.«

»Wer wollte dich verkohlen, Jerry?«

»Wir schwimmen, Phil. Leider. Ich habe die Chance verpaßt, den Mörder zu greifen. Aber ich dachte an die Menschen im Haus. Es hätte einen Großbrand geben können.« Ich erzählte Phil, was sich zugetragen hatte.

»Dieser Fred Cuchran ist unser Mann, Jerry«, sagte Phil, als ich schwieg. »Er verabscheut alle aus der Gruppe, er braucht Geld für seine Sucht, und er weiß, daß Kathleen die Gruppe als Erben eingesetzt hat.«

»Er meint es.«

»Na schön, aber das genügt doch so einem. Er hat das Gefühl, du seist ihm auf die Schliche gekommen. Deshalb will er dich ermorden. Etwas geht schief, er flüchtet und ruft dich aus einer Zelle ganz in der Nähe an, um sein Alibi aufzubauen. Jerry, das ist doch in vielen Kriminalromanen beschrieben worden. Und jetzt hetzen wir nach Yonkers und finden ihn tatsächlich dort. Was Wunder! Gleich nach dem Anruf nahm er ein Taxi und zahlte einen Zuschlag für Schnelligkeit.«

»Machen wir uns doch nichts vor . . . Wir tappen völlig im dunkeln.«

Phil läutete Sturm beim Gruppenhaus in Yonkers, aber nichts rührte sich. Irgendwo brannte noch Licht. Es fiel durch die schlecht schließenden Rolläden heraus zu uns.

Wir machten eine Runde ums Haus und fanden ein

offenstehendes Parterrefenster. Hier gab es zwar nichts zu stehlen, aber leichtsinnig war es trotzdem, einen Ex-Süchtigen in einem so weit offenen Käfig einzusperren.

Wir stiegen ein. Als wir in die poppig bemalte Halle kamen, bot sich uns ein rührendes Bild.

Fred Cuchran hing in einem Sessel, den Telefonhörer in der Hand, die in seinem Schoß ruhte. Vor ihm auf dem Boden lag Judy. Ihr rotblondes Haar hing wirr um den Kopf, die verwaschene Strickjacke hatte sie sich eng um den Körper gezogen.

Cuchran schlief erschöpft. Er sah jetzt noch schlechter aus als zuvor.

Ich traute ihm den kraftvollen Angriff auf mich nicht zu. Aber Phil meinte, er sei vielleicht deshalb so ausgepumpt, weil er versucht hätte, mich zu ermorden.

Während Cuchran weiterschlief, untersuchten wir seine Schuhsohlen. Wir sahen sie an, berochen sie und fuhren mit dem Finger darüber. Wenn er in meinem Schlafzimmer gewesen war, nachdem der Mordversuch stattgefunden hatte, mußte Cuchran die Schuhe gewechselt haben.

Ich weckte Judy.

»Ach, wie gut, daß Sie da sind!« Sie schaute Fred ängstlich an, und ihr Gesicht entspannte sich etwas, als sie sah, daß er fest schlief. »Sie glauben gar nicht, wie der heute wieder getobt hat. Und Pete war nicht zu erreichen. Ich fürchte mich richtig vor Fred, wenn er auf seinem Horrortrip ist. Sie müßten ihn mal sehen, ganz verändert.«

»Ein solcher Mensch gehört in eine Klinik«, sagte ich. »Woodrow kann Ihnen doch nicht zumuten, einen Süchtigen während der Entziehung zu betreuen.«

Plötzlich starrte mich Judy feindselig an. »Wieso nicht? Ich mache alles gern, was Pete mir aufträgt. Und die Entziehungskur hat Fred längst hinter sich.«

Ihre Liebe zu Woodrow ist stärker als ihre Furcht, dachte ich. Wenn ich sie zu meiner Verbündeten machen will, muß ich Woodrow loben. »Können Sie mir sagen, wann Sie hier eingeschlafen sind?«

Sie schob den Ärmel ihrer verwaschenen Jacke zurück. »Ich sah um zehn vor fünf auf die Uhr«, sagte sie dann. »Danach hat mich die Müdigkeit übermannt.«

»Sie wissen genau, um zehn vor fünf war Fred noch hier?«

»Ja. Wir versuchten gemeinsam, Pete zu erreichen. Und danach riefen wir Sie an.«

Ferd Cuchran war also doch nicht ›unser‹ Mann, wie Phil behauptet hatte. Sofern Judy nicht log.

Ich nahm Fred den Hörer aus der Hand, drückte ihn auf den Apparat und wählte dann Woodrows Nummer, die mir Judy nannte.

Der Ruf ging ab, aber niemand meldete sich.

»Warum soll sich euer Doc nicht auch mal eine lustige Nacht machen«, brummte ich und hängte auf.

Judys Augen füllten sich mit Tränen. Tränen der Wut, wie ich gleich merkte, als sich ihr Zorn auf mich entlud. »Sie kennen Pete überhaupt nicht. Er ist nur für andere da. An sein Vergnügen denkt er nicht.« Sie zog die Strickjacke fröstelnd um ihre schmächtigen Körper. »Er ist vom Schicksal geschlagen.« Leiser fügte sie hinzu: »Genau wie ich.«

»So?« Ich versuchte, nicht neugierig zu wirken. »Tja, wer selbst leiden muß, versteht die anderen besser.«

»Das stimmt. Pete und ich, wir haben den gleichen Kummer.« Judy wischte sich die Tränen weg, die über ihre bleichen Wangen liefen. »Er liebt so unglücklich wie ich.«

»Sie wären ihm sicher eine gute Frau«, sagte ich. Am liebsten hätte ich mir selbst einen Tritt in den Hintern verpaßt. Ein Wesen wie Judy mit Schmeicheleien auszuhorchen, ist nicht mein Bier. Aber wir suchten einen oder mehrere Mörder, und da konnte ich mir keine edlen Regungen leisten.

Meine Worte trafen genau dort, wo es bei Judy schmerzte. Sie schluchzte laut auf, weinte eine Zeitlang vor sich hin, schneuzte sich dann und sah mich — weniger wütend — an.

»Sie erkennen das, Mister Cotton. Obwohl Sie bloß einmal hier waren. Ich mache alles für ihn. Die Drecksarbeit, das Aufpassen, das Kochen — eben alles. Aber er liebt diese dumme Pute.«

Als die Worte heraus waren, hielt sie sich die Hand vor den Mund. »Nein, das wollte ich nicht sagen. Kathleen ist nett und reich — und gepflegt und auch viel hübscher als ich. Trotzdem, sie würde Pete nie das sein, was ich ihm bin.«

»Aber sie liebt ihn ja auch nicht«, sagte ich. Es war nicht schwierig für mich, den gemeinsamen Kummer zu erraten.

»Gott sei Dank nicht, sonst wären die beiden längst verheiratet.«

»Wenn Kathleen tot wäre, würde sich Pete dann mehr um Sie kümmern?«

Sie witterte die Falle nicht. Mit verschleiertem Blick schüttelte sie den Kopf. »Es ist nicht nur seine Liebe zu Kathleen, die zwischen uns steht. Ich selbst bin der Grund zu seiner Ablehnung. Aber ich bin ihm nachgelaufen, und ich bin immer viel zu lieb zu ihm. Das reizt ihn nicht.«

Judy hatte mich wieder einen Schritt weitergebracht. Zwar konnten uns ihre Probleme gleichgültig sein. Daß

Woodrow die Millionenerbin liebte, kam mir jedoch wichtig vor. Und ich fragte mich, ob seine Gefühle dem Mädchen oder dem Geld galten.

Vielleicht wollte er das Angenehme mit dem Nützlichen verbinden. Und wer konnte ihm das verdenken. Eine junge hübsche und reiche Frau zu haben, welcher Mann hätte sich dafür nicht erwärmen können? Und auch für Kathleen wäre es angenehm gewesen, den Nervenarzt ständig um sich zu haben. Er konnte ihr sicher nicht nur mit Worten die Ängste vertreiben. Bestimmt kannte Pete Woodrow Kathleens sexuelle Wünsche wie kein anderer. Es gehörte zur psychiatrischen Behandlung, über alles offen zu sprechen, und wenn er sie liebte, würde er diese Begierden befriedigen wollen. Man konnte vielleicht noch einen Schritt weitergehen. Er hätte sich wohl kaum in sie verliebt, wenn ihm in der Analyse klargeworden wäre, daß sie sexuell nicht harmonierten.

Oder konnte man von einem Psychiater nicht erwarten, daß er so viel Einsicht hatte, den Verstand über das Gefühl zu stellen?

Auch Phil grübelte schweigend, als wir durch Yonkers gondelten und ein Restaurant suchten, in dem wir frühstücken konnten. Phil und ich hatten Fred in sein Bett gebracht und eingeschlossen. Judy hatten wir versprochen, in etwa einer Stunde zurückzukommen. Sie wollte inzwischen versuchen, den Doc zu erreichen.

Wir fanden eine Imbißstube, die gerade geöffnet wurde, bestellten Schinken mit Eiern und Kaffee und rauchten schweigend, bis der Koch die Teller vor uns auf die Theke stellte.

Eine Rauchvergiftung hatte ich nicht, denn der knusprige Schinken und die Spiegeleier schmeckten.

Mit einer zweiten Tasse Kaffee zogen Phil und ich uns von der Theke zurück in eine Ecke des Lokals. Wir waren die einzigen Gäste, und so hätte der Mann hinter der Theke zwangsläufig unser Gespräch mit anhören müssen.

Über den runden Tisch hinweg starrte mich Phil an. »Cuchran können wir streichen, zumindest was den Versuch angeht, dir eine Feuerbestattung zu bescheren. Aber es sieht so aus, als hätten wir jetzt zwei Leute mehr, die für den Mord an Anderson und den Mordversuch an Kathleen Motive hatten.«

»Bin gespannt, was du dir zusammenreimst.«

Phil blies Rauch durch Mund und Nase. »Woodrow liebt Kathleen.«

»Sagt Judy«, warf ich ein. »Mädchen wie sie sind nicht unbedingt glaubwürdig. Denn ich würde verstehen, wenn sie von krankhafter Eifersucht auf ihr Idol geplagt wird.«

»Okay, aber angenommen, es stimmt. Der alte Anderson war sicher nicht begeistert von dem Gedanken, einen minderbemittelten Mediziner zum Schwiegersohn zu bekommen. Wenn er zwischen Kathleen und Woodrow stand, mußte ihn Woodrow beseitigen. Jetzt stand der Heirat nichts mehr im Weg. Das erkannte Judy und versuchte deshalb, Kathleen zu töten.«

Ich nickte. »Das wären zwei voneinander unabhängige Täter. Woodrow für den Bombenanschlag, Judy für den Mordversuch an Kathleen. Den Anschlag auf mich kann Judy nicht ausgeführt haben. Sie war in Yonkers bei Fred, als es passierte.«

»Es sei denn, Fred lügt für sie. Oder sie gab ihm ein Schlafmittel.« Phils Augen leuchteten plötzlich. »Richtig, so kann er doch zu seinem unerklärlichen Horror-trip gekommen sein!«

»Phil, ich sprach doch gleich nach dem Anschlag mit ihm, und da war Judy bei ihm. Außerdem sah ich den Burschen in meinem Zimmer. Als Silhouette zwar, aber ich weiß genau, er war groß und breitschultrig. Judy könnte sich nicht einmal mit Stelzen und Schaumgummi in einen solchen Hünen verwandeln. Außerdem hätte sie nie verkraftet, was der Kerl von mir einsteckte, ohne zu Boden zu gehen.«

»Sie könnte einen Gangster auf dich gehetzt haben. Und sie forderte Fred auf, dich anzurufen, weil sie wissen wollte, ob der Mordanschlag geklappt hatte. Klar, der Messerstecher ist derselbe Gangster. Kathleen schildert ihn ja als groß und breitschultrig. Und den schmächtigen Mann mit Nickelbrille konnte sie vielleicht mit Hilfe von Schminke und Perücke selbst darstellen.«

»Woher sollte sie Geld haben, um einen Ganoven zu bezahlen? Aber Tom Hubbard hätte vielleicht ganz gern irgendwo ein Feuer angezündet. Ohne Honorar. Aus Freundschaft und Leidenschaft.«

»Ja, groß und breitschultrig ist der Pyromane. Konntest du nicht wenigstens eine Hautfarbe erkennen?«

»Silhouetten sind immer schwarz, Phil. Ich wollte mich richtig ausschlafen und hatte deshalb die Jalousien und die Vorhänge zu. Der Bursche wurde nur von hinten matt angestrahlt.«

»Aber als ihr kämpftet, muß er sich doch umgedreht haben?« Phil kann sehr hartnäckig sein. Und das brauchen wir. Wie die Spürhunde, als die wir oft bezeichnet werden.

»Mein Zimmer war voll von beißendem Qualm. Meine Augen tränten. Wenn ich das geringste Merkmal an dem Burschen entdeckt hätte — außer seiner Gestalt —, würde ich es nennen. Habe ich aber nicht.«

»Auf jeden Fall sollten wir Hubbard befragen und sein Zimmer durchsuchen. Bloß, wenn wir am Sonntag in aller Herrgottsfrühe herumrasen, um einen solchen Wisch zu kriegen, hat Hubbard Zeit genug, alles zu vernichten, was ihn belasten könnte.«

»Wenn ich dran denke, wie Anderson in die Luft gejagt worden ist, bin ich bereit, auf Formalitäten zu pfeifen.« Phils erstauntes Gesicht war umwerfend komisch. Solche Äußerungen hörte er selten von mir.

Als ich weitersprach, wandelte sich seine Verwunderung in Enttäuschung.

»Aber die Theorie, Woodrow und Judy als Täter anzusehen, entbehrt des Fundaments. Wir müßten zunächst die Fragen klären: Wäre Kathleen überhaupt bereit, Pete Woodrow zu heiraten? Wußte Anderson davon? War er gegen eine Heirat?«

»Also, klären wir!«

»Etwas spricht gegen all dies. Judy meint, Woodrow liebe genauso unglücklich wie sie.«

Phil winkte ab. »Das mag er ihr eingeredet haben. Um ihre Eifersüchteleien gegen Kathleen zu beenden.«

Wir zahlten und gingen zum Wagen. »Aber Judy glaubte ihm nicht«, beharrte Phil auf seinem Gedankengebäude. »Mit dem sicheren Instinkt der verschmähten Liebenden ahnte sie die wahren Zusammenhänge.«

Als wir im Gruppenhaus ankamen, hatten wir schon einiges an Gedankenarbeit geleistet, in Anbetracht des Sonntags und der frühen Stunde Beträchtliches. Und es wurde dafür gesorgt, daß wir im Training blieben.

»Haben Sie den Doc schon erreicht?« fragte ich Judy. Sie schüttelte traurig den Kopf.

»Nein, Mister Cotton, ich versuchte es alle Viertelstunde. Hoffentlich ist ihm nichts zugestoßen!«

»Wie kommen Sie denn darauf?«

»Kathleens Vater wurde ermordet, sie beinahe. Pete liebt sie. Vielleicht kann er sich denken, wer der Mörder ist. Und der Mörder ahnt das. Ich mache mir so meine Gedanken.«

»Haben Sie schon gefrühstückt?«

»Nein.«

»Dann holen Sie das jetzt schleunigst nach. Wenn man übernächtigt und hungrig ist, sieht man oft Probleme, wo keine sind. Könnten Sie uns vorher noch die Bandaufnahmen geben?«

Sie tat es und ließ uns allein.

Die Alibis von Shirley Gonter, Tom Hubbard und Fred Cuchran waren nicht besser als das, was mir Harry Nash über seine Handlungen in der Nacht von Freitag zu Sonnabend hatte erzählen können.

Keiner der vier war zur mutmaßlichen Tatzeit mit einem Zeugen zusammengewesen. Und das galt auch für Judy Puckley, die Woodrow als letzte befragt hatte.

Was Nash dem Doc während der Tonbandaufnahme erzählt hatte, entsprach genau Nashs telefonischer Aussage mir gegenüber.

Eigentlich hatte ich gehofft, Judy würde den Doc erreichen, während wir mit dem Abhören der Bänder beschäftigt waren. Aber Woodrow meldete sich noch immer nicht.

»Schön, dann erledigen wir erst noch etwas anderes und rufen Sie ab und zu an, Judy. Wir waren ja ohnehin erst viel später hier mit dem Doc verabredet. Passen Sie gut auf, damit Ihnen Fred nicht ausbüxst!«

»Der schläft nach solchen Anfällen meist bis zum Mittag. Können Sie Pete nicht irgendwie helfen?« fragte

83

sie mich mit angstgeweiteten Augen und zerrte an ihrer Stickjacke.

»Machen wir. Und Sie kochen sich jetzt endlich einen Kaffee. Sie haben nämlich noch immer nicht gefrühstückt.«

»Woher wissen Sie das?«

»Kriminalisten haben auch dafür einen Blick.« Ich lächelte, kniff ein Auge zu, und wir gingen.

»Zu Hubbard!« fragte Phil.

»Richtig!« Ich lenkte meinen Jaguar über die Caryl Avenue und bog dann in den Broadway ein. Um nicht fälschlich als Verkehrssünder gestoppt zu werden, schaltete ich mein Rotlicht und die Sirene ein und konnte endlich einmal aufdrehen, denn noch waren nur wenig Frühaufsteher unterwegs.

Als wir den Harlem River überquerten, flutete uns schon mehr von Süden her entgegen, aber zur West 155. Straße hatten wir nicht mehr weit.

Ich fand tatsächlich einen Parkplatz in der Nähe des Blocks, in dem Hubbard ein Zimmer bewohnen sollte, wie Judy versicherte. Sie hatte uns die Adressen sämtlicher Gruppenmitglieder gegeben, ohne eine Frage zu stellen.

Wir suchen vergeblich nach Hausnummern, Namensschildern oder Leuten, die wir hätten ausfragen können. Eine kleine Gruppe von dunkelhäutigen Jugendlichen, die einige Konservendosen über das Pflaster kickten, rannte samt dem lärmenden Spielzeug davon, als wir auf sie zusteuerten.

Weiße waren hier nicht gern gesehen, und nur ein Trottel konnte sich darüber wundern.

Trotzdem mußten wir Tom Hubbard finden. Und zwar rasch, denn auf uns wartete noch eine Menge von Ermittlungsarbeit.

Wir läuteten an verschiedenen Wohnungstüren, von denen die meisten nicht geöffnet wurden. Andere flogen krachend wieder zu, als wir unsere Dienstmarken zeigten.

Bei einer dunkelhäutigen Schönen, die uns in knappem Slip und oben ohne öffnete, hatten wir mehr Glück. Tom Hubbard wohne nebenan im Hinterhaus über den Garagen. Wir bedankten uns höflich. Und vielleicht rief sie uns deshalb nach: »Seht euch vor, Boys! Tommy kann ziemlich eklig werden.«

An der Tür der Autowerkstatt nebenan hatten wir unsere Fäuste schon einmal benutzt. Auch beim zweiten Versuch rührte sich nichts. Phil deutete auf eine schief in den Angeln hängende Holztür auf dem Hof, die eher wie ein Stalleingang aussah, und wir liefen hinüber.

Tatsächlich war dies der Zugang zu einem muffig riechenden Treppenhaus.

Im ersten Stock standen wir dann wieder vor unüberwindlich scheinenden Schwierigkeiten. Nirgends ein Schild oder eine Klingel.

Ungewollt half uns eine Frau aus, die mit rostigen Schüsseln zu dem Ausguß auf dem Flur schlurfte.

»Tommy Hubbard? Da drin.« Sie deutete mit dem Daumen über ihre Schulter.

Wir klopften, hörten so etwas wie: »Jäh?« und öffneten die Tür.

Nachdem wir eingetreten waren, sahen wir mit einem Blick, daß ein Durchsuchungsbefehl hier nicht nur nicht nötig war, sondern daß wir uns damit sogar lächerlich gemacht hätten. Es gab nichts zum Durchsuchen.

Auf einigen Matratzen in der Ecke, die aussahen, als kämen sie vom Sperrmüll, lag Tom Hubbard. Er trug noch immer sein Hemd mit dem aufgedruckten ›Love‹, und statt einer Decke lag eine olivfarbene Jacke halb über ihm.

Als er uns erkannte, fletschte er mal wieder die Zähne. Diesmal allerdings nicht, um uns abzuschrekken. Es war seine Art zu lächeln, wie man an den Augen erkannte, wenn man genau hinsah.

»Hello, Kumpels! Kann mich nicht erinnern, wann ich zuletzt Besuch hatte. Hab' leider keinen Sekt oder Kaviar im Haus. Aber wenn ihr mir 'ne Zigarette anbietet, kann's noch 'ne dufte Party werden.«

Wir waren bereit, noch mehr anzubieten, nämlich ein Frühstück.

»Eigentlich lehnt man das ja in meinen Kreisen strikt ab.« Wieder sah ich das freundliche Zähnefletschen, das ich jetzt schon ganz gut von dem bösartigen unterscheiden konnte. »Aber ich war gestern nicht mehr bei der Bank, und heute hat sie zu. Also muß ich wohl annehmen. Natürlich seid ihr demnächst meine Gäste, wenn ich wieder flüssig bin.«

Er schüttelte die olivfarbene Jacke von sich und stand auf.

Phil bückte sich und reichte ihm seine ausgetretenen Schuhe. Dabei drehte er sie um. Auch ich konnte sehen, daß sie durchlöchert, aber nicht angesengt waren.

»Nicht doch, Sie können mir doch nicht die Schuhe reichen!«

Tom nahm seine Treter rasch aus Phils Händen und warf sie auf den Boden. Dann fuhr er mit geübter Bewegung hinein.

»Haben Sie nichts anderes anzuziehen als das, was Sie auf dem Leib tragen?« fragte Phil.

»Wenn ich euch nicht fein genug bin, bleiben wir hier.« Er wies in die Runde. »Dies ist meine ganze

Habe. Na, vielleicht ein andermal. Und dann denkt dran, wollt ihr Tom Hubbard in eine Luxusherberge mitnehmen, müßt ihr den Frack schon stellen.«

»Quark«, sagte Phil. »Ich meine, es ist kühl draußen, In dem Hemd werden Sie sich erkälten. Liebe wärmt, aber nicht, wenn sie bloß ein Wort ist.«

Tom dankte Phil mit seinem gutartigen Zähnefletschen. »Ach so. Dann ist alles in Ordnung. Diese Bettdecke ist ein Mehrzweckgerät.« Er zog die Jacke an. »Dient auch in der Öffentlichkeit als Kälteschutz.«

Wir waren richtig froh, das elende Wohnquartier verlassen zu können. Und Tom schien es nicht anders zu gehen.

Er schloß sein Zimmer nicht ab. Wozu auch?

»Ich kann mir denken, daß ihr mich ausführt, um irgendwelche Informationen von mir zu bekommen. Wohin soll's denn gehen«? fragte er, als wir auf der Straße waren.

»Wir wollen uns mit Ihnen unterhalten. Und dabei können Sie ruhig etwas zu sich nehmen«, erklärte ich ihm. »Sie scheinen's nötig zu haben. Wir dürfen Spesen machen. Ist also so eine Art Arbeitsessen, wie das die Industriellen nennen. Sagen Sie uns, wo es was Anständiges zwischen die Zähne gibt, nach Ihrem Geschmack, und wir fahren hin.«

In meinem Jaguar verfiel Tom Hubbard zum erstenmal, seit ich ihn kannte, in die Tonart seiner Umwelt. Die Begeisterung für den Wagen ließ ihn offenbar alles vergessen, was ihm in den Gruppenstunden mit den vier Weißen eingetrichtert worden war.

»Mann, ist das ein Wagen! – Mann, so ein Glück, wenn man sich den leisten kann! Oh, Mann!«

Phil und ich schwiegen und ließen Tom schwelgen. Ich konnte den Jungen verstehen. Mein Jaguar ist sozusagen mein einziges Hobby. Und deshalb kann ich es einem Burschen wie Tom nachfühlen, daß er auch überwältigt ist. Besonders, weil er sich nicht einmal eine Zahnbürste, ein warmes Bad oder einen einigermaßen anständigen Anzug leisten kann.

Das Lokal, in dem wir auf Toms Wunsch landeten, war bieder und gemütlich. Auf seine vorsichtige Frage erklärten wir ihm, er könne sich alles bestellen, wonach ihn gelüste. »Wir haben schon gefrühstückt«, versicherte Phil.

Er strich sich über seine schwarzen Locken. »Und ihr wollt mich wirklich nicht bloß 'rausfüttern, damit ich einem von der Gruppe was anhänge?«

Ich spürte, wie Phil den dunkelhäutigen Jungen immer mehr mochte. Jetzt landete Phils Rechte krachend auf Toms Schulter. »Nun friß dich mal auf unsere Kosten 'raus, Junge! Wer weiß, wann du wieder so billig dazu kommst.«

Wir tranken Bier, während Hubbard zwei Steaks mit süßen Kartoffeln und einem Berg gebratener Zwiebeln vertilgte. Dazu leerte er vier Tassen schwarzen Kaffees.

Wir nannten uns alle beim Vornamen, ohne das angekündigt zu haben.

»Ist schon gut, daß ihr mich auf das gute Leben vorbereitet, Freunde«, sagte er, als er seinen Teller von sich schob. »Jetzt ist der alte Anderson tot, und Kathleen nimmt uns alle in ihre Villa auf. Bloß Benehmen müssen wir noch lernen, hat sie gesagt. Hätte ich nie gedacht, daß ich mal in die feine Gesellschaft komme. Und wodurch?« Er kicherte leise vor sich hin. »Weil ich gern Brände lege!«

Ich gönnte es Hubbard, daß er mal anständig gegessen hatte, aber ich mußte zur Sache kommen. Nicht etwa, um persönliche Rachegelüste an meinem Widersacher der vergangenen Nacht zu befriedigen. Im Fall Anderson hatte es einen Toten und zwei Mordversuche gegeben. Wir mußten damit rechnen, daß die Killer noch weitere Opfer aufs Korn nehmen würden.

»Wie fühltest du dich bei deinem letzten selbstgelegten Brand, Tom?« fragte ich freundschaftlich. »Es muß dich doch erleichtert haben.«

Er sah mich ernst, aber nicht feindselig an. »Ja, ja, das ist richtig, Mann! Woher weiß du das, Jerry? – Ach Quatsch, bin ich blöd! Ihr lest darüber, und dann könnt ihr es euch vorstellen. Stimmt's, Phil?«

»Stimmt, Tommy.«

Jetzt wurde ich hinterhältig. Aber ich mußte es sein, um vielleicht Unschuldige vor den Mördern zu bewahren. »Und du weißt nicht, Tommy, wo du vergangene Nacht einen Brand gelegt hast?«

Seine dunklen Augen blickten kindlich unbefangen. Dann fletschte er – freundlich – das kräftige Gebiß. »Kann ich nicht. Ich habe schon lange nicht mehr . . .«

»Moment, Tommy, wir machen dir nichts vor, und du bist auch ehrlich. Du hast ja mit dem harmlosen Zündeln nichts auf dein Kerbholz geladen. Jemand befahl dir, irgendwo ein Feuer zu machen. Und das machst du gern.«

»Nein, keiner befahl . . .«

»Na schön, vielleicht bat er dich darum. Dir geschieht überhaupt nichts. Du bist doch bloß ein Werkzeug in den Händen des Drahtziehers. Du hast also gestern Benzin vergossen, es angezündet, und dann schlug dir der Kerl, der noch im Zimmer war . . .« Ich machte eine Pause. »Tja, wohin schlug der dich eigentlich, Tommy?«

Tommy ließ den Kopf sinken und war völlig apathisch. .

Ich bestellte für uns alle eine Flasche Whisky und goß ihm tüchtig ein. Zwar hatte er eben gegessen, aber ich hoffte trotzdem, daß der Alkohol seine Zunge ein wenig lösen würde.

Insgeheim dachte ich ohnehin, Tommy sei nicht der Brandleger gewesen. Ich wollte es nur von ihm — und glaubwürdig — hören.

Der dunkelhäutige junge Mann trank den Whisky wie Wasser und lächelte mich an. »Ihr wollt was von mir!« rief er dann plötzlich aufgebracht. »Hätte mich auch gewundert, wenn das bloß so aus Nettigkeit gewesen wäre. Ihr wollt, daß ich zugebe, ich war der Dings, der da gestern einen Brand gelegt hat und Schläge bekam. Warum? War einer von euch das Opfer? Oder gar der Brandstifter? Einer, um den es schade wäre? Ich hab' schon lange nichts mehr angesteckt.«

Auf seiner Stirn perlten Schweißtropfen.

Er ballte die Hände zu Fäusten und legte sie auf den Tisch. Dann trank er sein Glas leer, sah mich traurig an, ließ es mich mit einer auffordernden Geste füllen und trank es wieder auf einen Zug aus.

»Na schön. Ich bin arm, ich kann ein paar Dollar gut brauchen. Ich dachte, ihr wärt meine Freunde. Aber das soll man von Weißen nie denken. Okay, was spuckt ihr aus, wenn ich für euren Freund als Brandstifter einspringe? Vielleicht mache ich es. Aber nur, wenn ihr mir schriftlich gebt, wie viele Jahre ich dafür bekomme. Und wenn ihr mich übers Ohr haut, sage ich die Wahrheit.«

»Sag uns jetzt gleich die Wahrheit, Tommy«, schaltete sich Phil ein.

»Die Wahrheit ist einfach. Ich habe keinen Brand gelegt. Aber ich soll doch hinhalten. Deshalb das Essen und die freundliche Art.« Er preßte die Fäuste vor die Augen, als könne er die Welt nicht mehr ertragen und wolle sich deshalb auf ewig vor ihr verschließen.

In diesem Augenblick konnte ich nicht mit Phil korrespondieren, aber seine Meinung war mir eigentlich von vornherein klar gewesen. Auch er hatte Tom Hubbard rasch ins Herz geschlossen.

Und ich war froh darüber, daß ich jetzt in meiner Überzeugung bestärkt wurde: Hubbard war nicht der Brandstifter in meinem Apartment gewesen.

Ich packte sein linkes Handgelenk und riß ihm die Faust vom Auge. »Nein, du Trottel!« rief ich ihm zu. »Wir sind hinter einem Mörder her. Du bist es nicht. Aber du kannst uns vielleicht was über ihn erzählen. Natürlich ohne zu wissen, wen du belastest. Los, Tommy sieh uns wieder in die Augen, mach wieder mit, betrachte uns gefälligst nicht als Feinde. Deine Feinde sitzen anderswo. Und wenn wir wissen, wer sie sind, haben wir auch den Mörder von Kathleens Vater.«

Tom sah mich tatsächlich wieder an und jetzt fletschte er seine blütenweißen kräftigen Zähne überhaupt nicht. Weder abwehrend — noch freundschaftlich.

»Jemand wollte mich vergangene Nacht umbringen«, sagte ich. »Und es sollte so ausssehen, Tom, als hättest du es getan. Eigentlich kommt für den Mordversuch an mir doch nur jemand aus eurer Gruppe in Frage. Jemand, der von deiner Vorliebe für Brände wußte.« Ich schilderte ihm, wie der Unbekannte vorgegangen war.

»Und wenn wir dich jetzt bitten«, fuhr ich fort, »uns etwas mehr über die Gruppenmitglieder zu sagen, dann nicht, weil wir glauben, du müßtest dein Essen mit Informationen bezahlen. Hör zu, Tommy! Wir sind hinter jemandem her, der skrupellos mordet, und wir wissen nicht einmal, weshalb er das tut. Aber du kannst uns vielleicht dabei helfen, größeres Unheil abzuwenden.«

Tom Hubbard hielt mir sein leeres Glas hin, und ich füllte es mit Whisky. Diesmal nippte er nur. »Tut mir leid, Jerry, ich traue euch nicht«, sagte er mit schwerer Zunge, dann trank er. »Aber daß sie alle mir was anhängen wollen, ist doch klar. Ich bin der einzige Neger in der Gruppe. Ich passe nicht zu denen.«

»Blödsinn!« rief Phil energisch. »Auch Fred paßt nicht hinein. Weil er mal rauschgiftsüchtig war.«

»Ja, wir alle passen nicht«, brummte Tom. »Nicht in die Gesellschaft, nicht in die Gruppe und nicht – in Ihren Mordplan.«

»Täterplan«, verbesserte Phil gutmütig. Und dann fragte er weiter. Vielleicht, weil er spürte, daß ich nachdachte.

»Ihr alle meint, daß Kathleen euch zu Erben eingesetzt hätte. Wer braucht das Geld aus dieser Erbschaft am dringendsten, Tom?«

»Weiß ich nicht! Mann, dann nehmt doch wieder mich als Hauptverdächtigen. Ich habe so wenig Geld, daß ich mich von Bullen durchfüttern lasse.«

»Vor wem hast du Angst?« fragte ich.

Sein Blick wurde unruhig. »Vor – vor mir«, stammelte er. »Wenn es mich überkommt, zünde ich Häuser an. ›Ohne Rücksicht darauf, ob Menschen dabei zu Schaden kommen‹, hieß es in dem ersten Urteil, das sie über mich fällten. Und wißt ihr, was noch in der Begründung stand? ›Hubbard ist eine Gefahr für die Gesellschaft. Obgleich ihn das Verlangen, einen Brand zu legen, triebartig überkommt, war er im Augenblick der Tat voll zurechnungsfähig. Die ganze Härte des Gesetzes muß ihn deshalb treffen.‹ Ich hatte Zeit, das genau auswendig zu lernen. Könnt ihr euch vorstellen, was ein solches Urteil für einen Jugendlichen bedeutet? Es hängt einem an. Man ist abgestempelt. Ich werde den Vorwurf nie los, eine Gefahr zu sein.«

»Wie kam's eigentlich zu deiner ersten Brandstiftung?« fragte ich ihn.

»Wenn Pete nicht wäre, könnte ich es euch heute noch nicht erklären. Pete hat es aus mir 'rausgeholt, mir bewußt gemacht. So ein Brand ist für mich wie eine Fackel. Ich will die Welt auf Ungerechtigkeiten aufmerksam machen. Und immer, wenn mir Unrecht geschieht, wird der Drang in mir übermächtig, wieder etwas anzustecken.«

»Und was war der Anlaß beim erstenmal?«

»Mein Dad. Ein Polizist schlug ihn zusammen. Dad war bloß Zuschauer bei einer Demonstration. Hinterher haben sich die Verantwortlichen bei Ma entschuldigt. Davon wurde Pa auch nicht wieder lebendig. Mit dem Knüppel auf den Kopf. Ma konnte das Leben ohne Dad nicht ertragen. Sie nahm Schlaftabletten. Eine Weiße hätten sie vielleicht noch gerettet. Aber bei Ma ließen sie sich so viel Zeit, bevor sie ins Krankenhaus geschafft wurde, bis es zu spät war.«

Uns wäre es lieber gewesen, wenn wir Tom diese Geschichte nicht hätten glauben müssen. Aber solche Vorfälle gab es – leider.

Er war jetzt leicht angesäuselt und weil ich ihn zum Trinken animiert hatte, fühlte ich mich verantwortlich. Wir zahlten und nahmen Tom mit.

Von meinem Jaguar aus telefonierten wir mit Judy.

»Der Doc ist hierher unterwegs«, berichtete sie. »Er war aufgeregt. Und sonst ist er doch immer so beherrscht. Es muß etwas passiert sein. Aber er wollte mir nicht sagen, was.«

Eigentlich hatten wir zunächst die Mitglieder der Gruppe darüber befragen wollen, was sie in der vergangenen Nacht getan hatten. Und Eile war geboten, wenn wir noch Spuren des Brandes an ihrer Kleidung oder ihren Schuhen vorfinden wollten.

»Sollen wir nun doch erst nach Yonkers zurückfahren?« fragte Phil, dessen Gedanken in die gleiche Richtung gingen.

»Vielleicht übertreibt Judy ein bißchen. Wir können ja auch später noch mal anrufen und mit Woodrow selbst sprechen«, überlegte ich.

Tom, der auf dem Rücksitz zufrieden vor sich hin grinste, mischte sich in Phils und meinen Gedankenaustausch.

»Judy dürfen Sie nicht ernst nehmen. Vor allem nicht, wenn's um Pete geht. Sie hätschelt ihn wie eine Mutter, spioniert ihm nach wie ein Detektiv, macht ihm Szenen wie eine Ehefrau und bewacht ihn wie ein Gefängniswärter.«

Jetzt erfuhren wir also doch etwas über Mitglieder der Gruppe, ohne direkt gefragt zu haben. Nun bereute ich nicht mehr, Tom zuviel eingeschenkt zu haben. Wenn wir dem Mörder auch nur wenige Schritte näher auf den Pelz rücken konnten, war meine Handlungsweise gerechtfertigt.

»Und das läßt sich Pete bieten?«

Schwankend beugte sich Tom vor und flüsterte, als könnten wir hier im Wagen belauscht werden: »Judy hat ihn in der Hand. Immer, wenn er sie hart anfaßt, droht sie mit Selbstmord. Und wenn sich ein Patient Petes wegen umbrächte, Mann, würde das seinem Ansehen schaden!«

Konnte das der einzige Grund sein? Ich blieb skeptisch.

Harry Nash wirkte in seinen eigenen vier Wänden wie umgewandelt. Selbst ich hätte hier nie geglaubt, daß er psychiatrische Behandlung brauchte. Obgleich man in meinem Beruf einen Blick für Menschen mit Tick bekommt.

Auf einem Sessel am Fenster lag ein geöffnetes Buch. Der Titel verriet, worum es ging: Präsidentenmord.

Suchte sich Harry eine neue Rolle aus? Oder las er das Buch, um sich von seinen fixen Ideen zu befreien?

Im Augenblick interessierten mich naheliegendere Fragen mehr.

Tom und Phil waren im Wagen geblieben. In Gegenwart von Tom wäre Harry vielleicht nicht so gesprächig gewesen. Und den angetrunkenen Tom wollten wir nicht der Versuchung aussetzen, meinen Jaguar, der ihn so beeindruckte, unerlaubt auszuprobieren. Schon gar nicht mit den Promillen, die ich ihm spendiert hatte.

Harry nahm das Buch aus dem Sessel und forderte mich auf, Platz zu nehmen. Eine nette Geste, es war offenbar sein Lieblingsplatz. Ich zog es aber vor, umherzuschlendern. Vielleicht fand ich angesengte Schuhe.

»Was taten Sie vergangene Nacht nach meinem Anruf?«

Der junge Mann, der eben noch entspannt dagestanden hatte, fuhr zu mir herum. »Ist schon wieder etwas passiert?«

»Ja. Also bitte!«

»Was denn? Was war's denn diesmal. Doch nicht etwa ein Mord?«

»Geben Sie sich keine Mühe. Vorläufig erfahren Sie nichts von mir. Was taten Sie?«

»Ich habe geschlafen.«

Ich musterte ihn schweigend. Er wirkte erholt und gepflegt. Sein Hemd war blütenweiß, die blaue Hose frisch gebügelt. Die langen schwarzen Haare fielen locker auf seine Schultern. Offenbar hatte er sie gewaschen. »Das heißt, nein«, sein Blick irrte ab. »Vorher habe ich noch telefoniert. Mit Pete. Ihre Frage hat mir keine Ruhe gelassen. Und deshalb erkundigte ich mich bei Pete, ob er mir etwas über den Mordversuch an Kathleen gesagt hätte. Er verneinte, beruhigte mich aber. Trotzdem nahm ich dann zwei Schlaftabletten. Mich quälte nämlich der Gedanke, daß ich doch der Täter sein könnte. Jetzt am Morgen sieht alles anders aus. Mir geht es blendend. Ich bin Kathleen nicht gefolgt. Ich erinnere mich genau an meinen Spaziergang am Freitagabend. Was ich da in der Gruppe sagte, waren nur wieder die alten Komplexe. Sie können mich also ruhig von Ihrer Verdächtigenliste streichen.«

»Gern. Darf ich mich zu diesem Zweck hier ein bißchen umsehen?«

»Aber das tun Sie doch dauernd.«

»Ich meine, Schränke und Schubladen öffnen.«

Er runzelte die Stirn. »Na, hören Sie mal! Geht das nicht etwas zu weit? Bin ich ein Krimineller? Und selbst wenn, müßten Sie mir einen Durchsuchungsbefehl zeigen.«

Ich begann zu kochen. Die Neurotiker gingen mir mächtig auf die Nerven. »Hören Sie zu, Nash! Ich kann mir den Wisch beschaffen. Und ich kann Ihnen das Leben verdammt unangenehm machen. Das ist keine Drohung. Sie haben unter Zeugen behauptet, Kathleen umbringen zu wollen. Für Ihr Wohlbefinden wäre es besser, Sie ließen mich in Ihre Schränke sehen.«

Abwartend stand ich da, die Zähne aufeinandergebissen.

Nash mußte merken, daß ich ihm gefährlich werden konnte, denn er hob die Hände wie jemand, der sich ergibt. »Okay, okay, Cotton! Wühlen Sie 'rum. Ich möchte bloß wissen, was Sie finden wollen.«

Ich wühlte systematisch. Und ich fand nichts. Keine Schuhe mit Brandspuren, nicht einmal eine angesengte Faser.

Als ich fertig war, stieß Nash hörbar Luft aus. »Alle Achtung! Sie haben Übung.«

Ich grinste. Dann stand ich blitzschnell vor ihm und drückte ihm zwei Finger in die Magengrube. Seine Reaktion: Verwunderung. Der Mann, der mich in der vergangenen Nacht hatte umbringen wollen, wäre bei dieser Berührung in die Luft gegangen.

»Hat der Bursche, den Sie suchen, Magengeschwüre?« fragte Harry mit beißendem Spott.

»Nein, Hühneraugen«, antwortete ich bissig. »Wenn Sie eine kostenlose Fahrt nach Yonkers wünschen, können Sie mit.«

Er sah auf die Uhr. »Ist doch noch viel zu früh.«

»Ich bin kein Chauffeur. Entweder kommen Sie jetzt mit, oder Sie benutzen die öffentlichen Verkehrsmittel. Im Gruppenhaus können Sie Ihr Buch über Präsidentenmorde genausogut lesen wie hier. Außerdem habe ich noch jemanden auf meiner Liste.«

Er zog sich an, schloß sein Apartment sorgsam ab und begrüßte im Wagen den dümmlich vor sich hin grinsenden Tom distanziert. »Du säufst doch sonst nicht«, sagte er tadelnd. »Bist du nicht tief genug im Dreck?«

Tom bot ihm mit gutmütigem Lachen etwas an, das Nash bestimmt nicht auszuführen gedachte, und ich startete den Motor.

Inzwischen hatte der Verkehr stark zugenommen.

Das milde frühlingshafte Wetter lockte die New Yorker hinaus. Ich verzichtete auf Rotlicht und Sirene. Mein Jaguar war kein Kängeruh und konnte nicht über die Stoßstange an Stoßstange dahinrollenden Fahrzeuge hinwegspringen.

Während der Fahrt telefonierte Phil wieder mit Judy. Woodrow war noch immer nicht in Yonkers. Dafür hatte das Mädchen eine neue schlechte Nachricht.

»Ich wollte vorhin nach Fred sehen, weil es so unnatürlich ruhig in seinem Zimmer war. Er ist fort.«

»War die Tür aufgebrochen?«

»Nein.«

Phil und ich hatten beobachtet, wie Judy zuschloß, nachdem wir Fred in sein Zimmer gebracht hatten.

»Aha, dann sahen Sie schon mal nach und vergaßen abzuschließen.«

»Nein!« rief das Mädchen entrüstet. »Ich kann's beschwören, daß ich aufschloß, als ich vorhin in sein Zimmer ging. Er hat sich abgeseilt.«

»Wie bitte?«

»Sein Bettzeug ist zu Stricken gedreht, aneinandergeknotet und hängt vom Fensterkreuz bis ins Parterre hinunter.«

»Schöne Schweinerei«, brummte Phil.

Die beiden Gruppenmitglieder hinter uns gaben ihren Kommentar.

»Ich würde mich auch nicht einsperren lassen«, lallte Tom.

»Die Gier nach Gift war eben stärker«, erklärte Nash sachlich. »Jetzt holt er sich, was er braucht. Wer weiß, wie oft er schon nachts getürmt ist. Daher die Horrortrips.«

Inzwischen waren wir schon so nahe bei Shirley Gonters Behausung, daß es nicht mehr viel Zeit kostete, auch sie mitzunehmen. Phil blieb mit Tom und Harry im Wagen. Shirley bewohnte ein Zimmer in einer Pension.

Die Wirtin schielte mich mißtrauisch an, als ich nach dem Mädchen fragte.

»Sie wollen hoffentlich nicht den Sonntag in ihrem Zimmer verbringen, wie?«

»Paßt Ihnen das nicht?« fragte ich ebenso unfreundlich.

»Nein. Ich dulde keine Schweinereien in meinem Haus. Und wenn Sie einen guten Rat wollen, geben sie sich nicht mit der ab. Die schuldet mir schon wieder zwei Monatsmieten. Außerdem klaut sie.«

»Wissen Sie über all Ihre Mieter so gut Bescheid?«

»Nur über die schwarzen Schafe. Wer sich hier ordentlich aufführt, genießt besten Service. Aber Gesindel muß ich im Auge behalten.«

»Sie täten besser daran, überhaupt kein Gesindel zu beherbergen.«

»Das merkt man erst mit der Zeit, was einer so treibt.«

Ich ließ sie stehen und ging hinauf zu dem Zimmer, das sie mir bezeichnet hatte.

Auf mein Klopfen rührte sich zunächst nichts. Ich pochte lauter, dann fragte Shirley: »Wer ist da?«

»Cotton.«

»Kommen Sie 'rein! Die Tür ist offen.«

Ich drückte die Klinke hinunter und betrat den Raum. Auf den ersten Blick entdeckte ich Shirley nicht. Erst als ich die Tür schloß, sah ich das Mädchen. Shirley lehnte an der Wand. In der Rechten hielt sie eine Pistole, deren runde Mündung auf mich gerichtet war. Ihr Finger lag am Abzug, und ihre Hand war so unsicher, daß es mich irgendwo zwischen Kopf und Oberkörper erwischt hätte, wenn sie abdrückte. Genaueres konnte ich nicht voraussagen.

»Legen Sie das Ding weg!« befahl ich ihr hart. »Sind Sie übergeschnappt?«

Als die Worte heraus waren, kam mir erst zu Bewußtsein, wie lächerlich diese Frage war. Ein wenig verrückt waren ja alle, die bei Pete Woodrow Hilfe suchten.

Sie wurde weiß im Gesicht, offenbar vor Wut, packte die Waffe mit beiden Händen und hielt sie jetzt ruhiger. Die Mündung wies auf meinen Kopf.

»Verdammt, weg mit dem Ding!« rief ich, und als sie noch immer nicht spurte, trat ich ihr die Pistole von unten her aus der Hand.

Sie flog im hohen Bogen durch die Luft und landete auf dem abgetretenen Teppich.

Mit einem Sprung war ich dort, hob sie auf und steckte sie ein.

»Was soll der Quatsch?«

Sie stand da mit geballten Fäusten, und Tränen traten in ihre Augen.

»In der Gruppe ist ein Mörder, Cotton. Haben Sie das nicht kapiert?«

Sie funkelte mich an. Ihr Blick war furchterregend, weil so viel Unberechenbares darin lag.

»Erst hat er den alten Anderson getötet, damit seine Millionen auf Kathleen übergehen. Dann versuchte er, Kathleen zu töten. Es mißlang, aber er wird beim nächsten Mal mehr Glück haben. Wir alle erben. Deshalb muß er einen nach dem anderen umbringen, um an die Anderson-Millionen heranzukommen. Der Überlebende aus unserer Gruppe ist der Täter. Aber ich habe keine Lust, im zarten Alter von zweiundzwanzig abzukratzen. Bloß weil einer den Hals nicht vollkriegen kann.«

Sie hatte sich gründlich ausgesprochen, ließ sich nun zu Boden gleiten, zog die Knie bis ans Kinn, umschlang die Beine und schaukelte.

Ich sah mich um. Die Einrichtung ihres Zimmers verriet Infantilismus. Überall standen Nippfiguren, Schildkröten mit wackelnden Köpfen, Pinguine und Krokodile, bei denen auch die Schwänze zitterten, wenn die Luft bewegt war. Auf Regalen saßen ordentlich aneinandergereiht Stofftiere und Puppen.

Da ich die Waffe hatte, brauchte ich im Augenblick nicht um mein Leben zu bangen. Ich durchsuchte das Zimmer, ohne Shirley um Erlaubnis zu fragen.

Aber auch bei ihr fand ich keinen verkohlten Faden.

»Was wollen Sie hier?« fragte sie endlich, nachdem sie mich sprachlos beobachtet hatte.

Ich setzte mich auf ihr Bett, auf dem eine indianische Decke lag, nahm den zerschlissenen Teddy und betrachtete ihn. Erst jetzt wurde sie wütend über meinen Eingriff in ihre Intimsphäre.

»Geben Sie Joe her! Sofort!« schrie sie schrill.

Ich warf Ihr ›Joe‹ zu und beobachtete, wie sie ihn an sich drückte, als hätte ich ein menschliches Wesen verletzt, das sie nun trösten wollte. Nachträglich lief mir eine Gänsehaut über den Rücken. Sie war verrückter, als ich gedacht hatte. Und ein solches Mädchen hatte eben noch auf meinen Kopf gezielt.

Die Waffe war entsichert gewesen, das hatte ich festgestellt, als ich sie aufhob. Wenn ich auch noch herausfinde, daß sie geladen war, wachsen mir bestimmt einige graue Haare, dachte ich.

Sie barg das Gebilde aus Schaumgummi und Stoff liebevoll an ihrer Brust. Daß sie nicht der Bursche sein konnte, dem ich vor einigen Stunden in die Magengrube geschlagen hatte, war mir von vornherein klar gewesen. Die Frage blieb: hatte sie ihn angestiftet, konnte sie mich zu ihm führen?

Freiwillig würde sie es nicht tun.

»Dein Freund ist in Schwierigkeiten«, bluffte ich. »Ich dachte, du hättest hier seine Schuhe versteckt. Sie sind nämlich angesengt.«

»Ein Irrer«, murmelte sie und streichelte das Stofftier. »Reg dich nicht auf, Joe, er wird dich nie wieder anfassen.«

Als ich keine Spur von Schuldbewußtsein oder Erschrecken in ihren Zügen sah, stand ich auf.

»Wollen Sie mit nach Yonkers?«

Sie sah auf die Uhr und seufzte. »Ist leider noch viel zu früh. Außer Judy und Fred treffe ich dort keinen.«

»Irrtum«, belehrte ich sie. »Harry und Tom warten schon unten in meinem Wagen.«

Plötzlich schien ihr Bär an Anziehungskraft zu verlieren. Sie warf ihn zu Boden, holte eine weiße Lederjacke im Indianerlook aus dem Schrank und zog sie an. »Okay, worauf warten wir?«

Der Jaguar hielt noch nicht, da drängte es unsere Fahrgäste schon hinaus. Phil und ich waren allein, als ich abschloß. »Die scheinen mir geradezu süchtig auf das Gruppenleben«, sagte ich. »Ob das die richtige Therapie ist?«

Phil zuckte mit den Schultern. »Einzelgänger mit Problemen behaftet. Untereinander fühlen sie sich wohl, jetzt, wo jeder den anderen sehr gut kennt. Diese Gruppe kann sie wieder in die Gesellschaft einführen.«

»Danke für die Vorlesung, Herr Professor. Hoffentlich erreichen auch alle Schäfchen das Klassenziel.«

Wir wunderten uns nicht darüber, wie Pete Woodrow begrüßt wurde. Seine Schutzbefohlenen umringten ihn wie Fans ihren Star. Er befreite sich und wies sie ins Haus. Dann kam er auf uns zu.

»Es ist etwas Schreckliches passiert«, sagte er, und seine Lippen zitterten. Wenn er, der Nervenarzt, so erregt war, mußte wirklich etwas Schlimmes vorgefallen sein. Wir starrten ihn stumm und erwartungsvoll an.

»Kathleen ist verschwunden.«

»Aus dem Krankenhaus?« Ich wollte es nicht glauben. »Sie wurde doch von einer Beamtin bewacht?«

Er hob die Hände in einer hilflosen Geste. »Sie ist weg.«

Kathleen Anderson erwachte aus tiefem Schlaf. Sie fühlte sich erholt. Die mörderischen Gespenster waren ausgesperrt.

Tief Luft holend sah sie sich um. In der Ecke neben dem Fenster saß eine Frau. Sie lächelte Kathleen freundlich zu.

Die Kriminalbeamtin, dachte Kathleen. Sieht gar nicht so aus. Die Frau trug einen flaschengrünen Pullover und eine braune Flanellhose. Sie war blond, hatte ein gutmütiges Gesicht und Hände, die Sensibilität verrieten. Wie kann so was zur Polizei gehen?

»Wollte jemand zu mir?« fragte Kathleen zögernd.

Die Frau schüttelte den Kopf. »Nein. Der Arzt hätte es auch nicht erlaubt. Sie brauchen Ruhe.«

»Ich muß unbedingt telefonieren. Könnten Sie veranlassen, daß ich einen Apparat bekomme?«

Die Beamtin deutete auf den Nachttisch. »Aber Sie dürfen sich nicht aufregen. Ich wähle die Nummer für Sie.«

Jetzt erst sah Kathleen, daß ein graues Telefon neben ihrem Bett stand.

Sie nannte der Beamtin eine Nummer und fragte: »Müssen Sie mithören? Oder dürfen Sie mal kurz auf den Flur gehen? Ich springe nicht aus dem Fenster, das verspreche ich Ihnen.«

»Eine Herzensangelegenheit, wie?« fragte die Blondine mit verständnisvollem Lächeln. »Übrigens, ich heiße Linda Cornell.« Sie wählte die von Kathleen angegebene Nummer, und als sich eine Frauenstimme meldete, gab sie dem Mädchen den Hörer.

Leise schloß sie die Tür des Krankenzimmers, blieb aber lauschend davor stehen.

»Hier ist Kathleen. Kann ich bitte Mark sprechen?«

Minutenlange Stille, dann sagte das Mädchen: »Komm bitte sofort ins Krankenhaus! Es ist wichtig.« Wieder eine Pause. Dann hörte die Beamtin, daß Kathleen ungehalten wurde. Ihre Stimme klang schrill. »Ja, jetzt sofort, Mark! Mein Gott, du kannst doch Geschäfte vorschützen. Außerdem bin ich jetzt dein Arbeitgeber, vergiß das nicht.«

Mehr hörte Linda Cornell nicht. Einzige Zeit später rief Kathleen nach ihr.

Die Beamtin setzte sich wieder in ihren Sessel und blickte aus dem Fenster. Einen so ruhigen Job hatte sie schon lange nicht mehr gehabt. Von ihrem Platz aus sah sie den kleinen Park hinter dem Krankenhaus. Nachdem die Nachtschwster Kathleen die letzte Spritze gegeben hatte, war das Mädchen eingeschlafen. Von da an hatte Linda nur noch den Mond, die Sterne und die ziehenden Wolken beobachtet. Es war eine schöne Frühlingsnacht gewesen. Später dann, als es hell wurde, hatte sie die Bäume betrachtet und das frische Grün des Rasens. Vögel auf Futtersuche waren vorbeigeschwirrt, und Linda hatte gedacht, wie viel versäumt man doch, wenn man bis spät in den Morgen hinein schläft.

Sie sah auf die Uhr. In zwei Stunden würde sie abgelöst, aber sie fühlte sich gar nicht übernächtigt.

»Haben die Ihnen gar nichts angeboten?« fragte Kathleen mitfühlend, nachdem sie die Beamtin eine Zeitlang beobachtet hatte.

»Doch, Tee.«

»Na, wie der schmeckt, kann ich mir denken.« Kathleen wies auf eine Flasche, die neben ihr stand. »Hier gießen Sie sich Fruchtsaft ein!«

Linda hatte keinen Durst, aber sie wollte das Mädchen nicht enttäuschen, stand auf und goß sich etwas in ein frisches Glas. Kathleen prostete ihr lachend zu und trank auch von dem, was schon eingegossen gewesen war. »Schmeckt zwar nicht umwerfend, ist aber sehr gesund.«

Mit kleinen Schlucken trank die Beamtin ihr Glas leer und stellte es aufs Fensterbrett.

Etwa zehn Minuten später spürte sie, daß sich nun doch Erschöpfung ankündigte. Sie sah zu Kathleen hin, aber das Mädchen schlief schon wieder friedlich. Die Beamtin beneidete sie ein wenig um das Bett. Sie legte den Kopf an die Rückenlehne des Sessels und schloß die Augen. Diese plötzliche Müdigkeit ist merkwürdig, ging es ihr noch durch den Kopf. Dann schlief sie ein.

Als Kathleen ihre regelmäßigen langsamen Atemzüge hörte, sah sie durch ihre langen Wimpern zu der Beamtin hinüber. Das entspannte Gesicht verriet ihr genug.

Leise stand Kathleen auf und telefonierte mit dem Empfang. Sie nannte ihren Namen und ihre Zimmernummer. »Ich erwarte Besuch. Mister Mark Farleigh.

Wenn er kommt, schicken Sie ihn bitte sofort herauf.«

»Ich fürchte, das geht nicht. Um diese Zeit . . .«

»Ich fürchte, Sie wissen nicht, mit wem Sie reden! Ist das hier ein Gefängnis? Ich habe ein Einzelzimmer und kann Besuch empfangen, wann es mir paßt. Mister Farleigh wird Sie für Ihre Mühe entschädigen. Wenn er wieder geht. Wie ist Ihr Name?«

Die Schwester nannte ihn zögernd. »Aber es ist sehr ungewöhnlich, Miß Anderson.«

»Ich bin etwas eigensinnig, entschuldigen Sie.«

Kathleen legte den Hörer auf, setzte sich auf ihr Bett und versuchte, das Zittern zu unterdrücken, das ihren ganzen Körper schüttelte.

Die halbe Stunde, die sie warten mußte, bis es klopfte, erschien ihr wie eine Ewigkeit. Und dann stand Farleigh vor ihr. Sein väterlich gutmütiges Gesicht drückte Unmut und Besorgnis aus. »Kathleen, Kind, was machst du für Sachen?« Jetzt sah er die Beamtin. »Wer ist denn das?«

»Kripo. Ich muß hier 'raus, Mark. Und du wirst mir dabei helfen.« Sie fiel ihm um den Hals, preßte sich an ihn und schluchzte leise.

Er strich über ihr Haar und murmelte Trostworte. Dann löste er ihre Hände behutsam, die sie in seinem Nacken verschränkt hatte. »Du willst doch nicht etwa ohne Erlaubnis hier weg?«

»Doch, genau das. Der Beamtin habe ich die Schlaftabletten in ihren Saft getan, die ich nehmen sollte, falls ich in der Nacht aufgewacht wäre.« Ungeniert zog sie das Nachthemd aus, das ihr vom Krankenhaus gestellt worden war, nahm ihren Wildlederanzug aus dem Schrank und zog ihn an.

Mark hatte sich abgewandt und beobachtete die Beamtin.

»Keine Angst, sie wacht nicht auf«, sagte Kathleen und knöpfte ihre rote Bluse zu.

»Weshalb ziehst du mich da mit hinein?« fragte der Mann mit den grauen Haaren unglücklich. Man sah ihm an, daß er in einem Konflikt war.

»Wem soll ich vertrauen, wenn nicht dir? Sogar in seinen letzten Stunden hat Vater mir geraten, mich an dich zu wenden. Willst du mir da nicht beistehen? Jetzt, da ich dich am dringendsten brauche? Ist es nicht wie ein Vermächtnis deines toten Freundes, Mark?« Wieder schmiegte sie sich an ihn, aber seine Arme hingen diesmal schlaff herunter.

»Okay, dann komm? Wohin willst du eigentlich? Und weshalb die Heimlichtuerei?«

»Das erkläre ich dir im Wagen. Eine der Schwestern am Empfang wartet auf ein Trinkgeld. Ich habe keinen Cent bei mir. Meine Tasche ist wohl noch bei der Polizei. Sie haben vergessen, sie mir zurückzugeben.«

In der Halle ging Kathleen schon voraus, während Mark der Schwester, die ihn hinaufgeschickt hatte, einige Banknoten gab. Farleigh hielt dem Mädchen den Schlag des schwarzen Chrysler auf, und sie setzte sich auf den Beifahrersitz. Als auch er eingestiegen war, lehnte Kathleen den Kopf an seine Schulter.

»Bitte nicht«, forderte er und fuhr los.

»Was ist denn? Das hat dich doch sonst nie gestört.«

»Wir müssen jetzt vorsichtig sein. Also, wohin willst du?«

»Das weiß ich nicht. Ich muß für einige Zeit verschwinden. Du kannst irgendwo am Strand einen Bungalow mieten, wie du das früher getan hast, und dann bleibe ich dort, bis die FBI-Männer Vaters Mörder gefaßt haben. Vorher bin ich meines Lebens nicht sicher.«

Sie rutschte ganz nah zu ihm und preßte sich an ihn. »Dann kannst du wieder öfter kommen.«

Sein Gesicht blieb ausdruckslos, sein Körper steif. »Was du vorhast, ist heller Wahnsinn. Wenn wirklich jemand hinter dir her ist, kann er dich in der Einsamkeit in aller Ruhe umbringen.«

»Nicht, wenn du mich beschützt.«

»Aber Kathleen, sei bitte nicht kindisch.«

»Mark Farleigh, vergiß nicht, daß ich jetzt der Chef bin. Wenn ich verlange, daß du angeblich auf Europareise gehst, in Wirklichkeit aber am Strand von Brighton mit mir die Möwen beobachtest, wirst du das tun.«

Er lachte gequält. »Du bist doch noch ein Kindskopf. Grade jetzt muß ich deine Interessen wahrnehmen. Da gibt's so manchen, der sich nach dem Tod deines Vaters gern etwas unter den Nagel reißen würde.«

Sie rückte von ihm ab, und ihre großen grauen Augen funkelten böse. »Ich warne dich, Mark. Du weißt genau, wie ich zu dem Geld stehe. Wenn du mich grade jetzt seelisch im Stich läßt, räche ich mich.«

Sein Seitenblick verriet Angst. »Schon wieder!« stöhnte er. »Womit drohst du diesmal?«

»Dieselbe Masche, Mark. Hat doch blendend funktioniert.«

Schweigend fuhr er weiter. Er hatte nicht vor, ihr in Brighton einen Bungolow zu mieten. Weil er das für einen Selbstmordversuch hielt. Außerdem konnte er jetzt sowieso keinen Makler erreichen. Er hoffte, sie während der Fahrt von ihrem verrückten Vorhaben abbringen zu können.

»Warum verfolgst du mich? Warum ausgerechnet mich? So reizvoll bin ich doch gar nicht?«

»Pete hat es mir erklärt.« Aus ihren Erzählungen kannte er den Doc. »Wenn ich mit dir schlafe, ist es, als täte ich's mit meinem Vater. Er hat mich immer vernachlässigt. Deshalb möchte ich die Liebe nachholen, die ich als Kind nicht bekam.«

»Okay, viele Mädchen haben einen Vaterkomplex. Dann such dir doch einen anderen alten Mann. Auf dich fliegen sie doch scharenweise.«

»So lange ich zurückdenken kann, warst du Dads Berater. Er hörte auf dich und verdankte dir viel. Eine Art Über-Vater. Deshalb werde ich nie auf dich verzichten können, Mark. Obwohl du im Bett nicht umwerfend bist, wird mich keiner je so befriedigen wie du.«

»Sagt Pete?« fragte er resigniert.

»Sagt Pete gegen seinen Willen. Er wäre selbst zu gern der ›Über-Vater‹. Aber als Arzt ist er ehrlich und läßt seine eigenen Interessen außer acht.«

»Du solltest es mit ihm versuchen. Er kennt bestimmt einige Tricks, die ich dir nie bieten kann.«

»Es ist wirklich entwürdigend, wie du ständig versuchst, mich loszuwerden. Aber ich lasse mich nicht abschütteln. Fahr da drüben in den Park! Ich brauche deine Zärtlichkeit.«

»Kathleen, wir können uns doch nicht in aller Öffentlichkeit knutschen wie ein Liebespärchen.«

»Dann miete den Bungalow.«

»Es ist Sonntag früh. Ich erreiche keinen Vermieter.«

»Ich will, daß du mich in die Arme nimmst.« Sie nahm den Hörer seines Autotelefons. »Laß uns in ein Hotel gehen. Oder denk dir irgend etwas aus. Wenn du dich weigerst, rufe ich Sally an und erzähle ihr, wie du mich verführt hast.«

Er lachte gequält. »Ich dich? Das ist eine ungeheuerliche Verdrehung der Tatsachen.«

»Deine Frau ist nicht blöd. Daß man einen Mann

nicht vergewaltigen kann, weiß sie auch. Also? Ist dir etwas eingefallen?«

»Ich bringe dich nach Hause.«

»Okay! Aber du bleibst. Lange genug.« Sie legte den Hörer wieder auf und streichelte seine Hände. »Ich war ein ungezogenes Kind. Verzeih mir. Sag, daß alles wieder gut ist.«

Solche Szenen gehörten zwischen ihnen zum Alltäglichen. Es war schon eine Art Ritus geworden. »Es ist wieder gut, ich bin dir nicht mehr böse, Kind.« Er sprach ohne innere Anteilnahme. »Ich hab' nur eine Bitte. Bleib auf der Fahrt sitzen wie ein normaler Mensch.«

Sie duckte sich, schob ihren Kopf unter seinen Armen durch auf seinen Schoß und lachte zufrieden. »So bin ich dir ganz nah, und niemand kann es sehen.«

Es war nicht möglich, sie abzuwehren, denn einen Kampf mit ihr während der Fahrt wollte er nicht riskieren.

Manchmal wünschte sich Mark Farleigh, Kathleen sei weit weg — oder sogar tot.

Wieder fanden wir nicht die Zeit, in Ruhe über Kathleen zu sprechen, denn jetzt galt es erst einmal, sie zu finden.

Woodrow sah schlecht aus. Nahm es ihn so mit, daß Kathleen fort war. Wenn er sie liebte, verständlich. Aber er wirkte auch körperlich mitgenommen. Als er sein Hemd aufknöpfte und den Binder löste, sah ich blaue Flecken auf seiner weißen Haut. In meinem Gehirn leuchtete ein rotes Warnsignal auf. Doch ich telefonierte grade und mußte meine Fragen zurückstellen.

Wir hatten uns in ein kleines Zimmer des Gruppenhauses zurückgezogen, das mit billigen alten Möbeln zu einer Art Büro eingerichtet war.

Noch im Krankenhaus hatte Woodrow die Mordkommission in Brooklyn benachrichtigt, und ich versuchte jetzt, Sergeant Crawford an die Strippe zu bekommen. Kramer hatte ihn mit den Recherchen beauftragt.

Endlich hörte ich die grollende Baßstimme am anderen Ende der Leitung. Crawford hielt sich nicht lange mit Vorreden auf. Seine knappe präzise Art, den Hergang zu schildern, verriet den erfahrenen Polizisten.

»Miß Anderson ist getürmt«, hörte ich zu meinem Erstaunen. »Vor kurzem erst konnte unsere Kollegin aus ihrem Betäubungsschlaf geweckt werden. Die Anderson drängte ihr Obstsaft auf. wahrscheinlich mit dem Schlafmittel gewürzt, das sie selbst hatte nehmen sollen. Vorher telefonierte sie mit einem gewissen Mark.«

Der Name sagte mir etwas, obgleich er häufig ist. Charles Anderson hatte Kathleen in seinem letzten Telefongespräch geraten, Mark ins Vertrauen zu ziehen. Nur er könne das Geld rasch und unauffällig beschaffen. Auch jetzt hatte sich Kathleen offenbar an den Anwalt und Vermögensverwalter ihres Vaters gewandt.

»Ich habe eben die verschiedenen Nummern angerufen, die nach Lindas Erinnerung in Frage kommen. Leider hat sie die Telefonnummer nicht notiert. Ich an ihrer Stelle hätte auch nicht erwartet, daß ein Mädchen flüchtet, nachdem es fast umgebracht worden wäre«, nahm er seine Kollegin in Schutz.

»Eine Mrs. Farleigh war die richtige Person. Sie sagt, ihr Mann, Mark, sei zu Kathleen Anderson ins Krankenhaus gefahren und noch nicht zurück. Ich ließ mir den Mann beschreiben. Groß, breitschultrig, weißes Haar, Mitte Fünfzig. Und die Beschreibung paßt genau auf den Knaben, mit dem die Anderson hier in aller Ruhe aus dem Krankenhaus spazierte.«

»Wie ist denn das möglich?«

»Personalmangel! Eine Lernschwester ließ sich bequatschen und nahm sogar noch ein Trinkgeld an. Inzwischen hat sie begriffen, daß sie es teuer bezahlen muß. Die Karriere hat sie sich versaut. Angeblich wußte sie nicht, daß Miß Anderson das Haus nicht verlassen durfte. Glaube ich ihr sogar. Denn die Krankenhausverwaltung verließ sich auf uns, und wir schliefen — vertreten durch Linda. Außerdem setzte die Anderson der Lernschwester ziemlich zu. Sie sei nicht im Gefängnis und so weiter.«

Ich dankte dem Sergeant und legte den Hörer auf.

»Kathleen ist freiwillig auf und davon. Hat die Beamtin mit Schlaftabletten außer Gefecht gesetzt und Mark Farleigh als Eskorte bestellt.«

»Dieser alte Bock!« entfuhr es Woodrow, während ich schon wieder wählte.

Ich war gespannt auf mein Gespräch mit ihm, aber im Augenblick gab es Wichtigeres zu veranlassen. Ich ließ mich mit einem Kollegen der Kfz-Fahndung verbinden. Während ich wartete, bat ich Woodrow um Farleighs Adresse.

Dann meldete ich mich und gab dem Beamten die Anschrift durch. »Stellen Sie bitte bei Mrs. Farleigh fest, mit welchem Wagen ihr Mann unterwegs ist. Vermutlich haben die Farleighs mehrere. Und dann lassen Sie intern suchen. Mark Farleigh hat die Anderson-Erbin bei sich, und beide wissen wahrscheinlich nicht, daß sie in Lebensgefahr sind. Beunruhigen Sie die Dame so wenig wie möglich, und geben Sie die Fahrzeugbeschreibung bitte verschlüsselt an die Beamten weiter.«

»Und wenn wir ihn haben?«

»Benachrichtigen Sie mich. Vorläufig ermittle ich noch in Yonkers.« Ich nannte ihm die Nummer des Gruppenhauses. »Wenn ich hier fertig bin, melde ich mich wieder.«

Woodrow und ich sahen uns gespannt an, als ich den Hörer auflegte. Offenbar konnte auch er es kaum erwarten, mit mir zu sprechen.

»Wozu denn die Geheimnistuerei?« wollte er wissen, und seine blauen Augen starrten forschend.

Ich hatte keine Lust, ihm einen Vortrag zu halten. »Der Tod Charles Andersons hat mächtig Staub aufgewirbelt. Sie müßten doch wissen, daß bei jedem spektakulären Kapitalverbrechen falsche Selbstanzeigen eingehen. Außerdem wäre Kathleen das richtige Objekt für ein Nachfolge-Verbrechen. Wenn herauskäme, daß sie verschwunden ist, würden sich einige Kriminelle aufmachen, um sie zu suchen und ebenfalls Lösegeld zu erpressen. Aber wir haben alle Hände voll zu tun mit den ursprünglichen Tätern.«

Er nickte grüblerisch.

»Und jetzt bin ich dran. Wo waren Sie vergangene Nacht?«

»Zu Hause.« Er blinzelte, als blende ihn die Sonne, die durch die schmierigen Scheiben hereinfiel und mir den Rücken wärmte. Bisher hatte sie ihn allerdings nicht gestört. Mußte wohl doch an meiner Frage liegen, daß seine Lider in Zuckungen gerieten.

»Wenn Sie vor Gericht stünden, müßten wir Ihnen nachweisen, daß Sie die Unwahrheit sagen. Aber Sie sind nicht einmal vor Gericht. Mir brauchen Sie erst recht nichts zu beweisen. Trotzdem könnten Sie mir eine große Freude machen, wenn es Ihnen gelänge.«

»Ich habe keinen Zeugen. Ich schlief allein.«

»Und ziemlich fest, wie? Nahmen Sie Tabletten?«

Er schüttelte den Kopf. Ich merkte sehr wohl, wie er versuchte, mich zu ergründen. Sein Blick bekam etwas Lauerndes.

»Heben Sie bitte mal Ihr rechtes Bein ausgestreckt in die Höhe.«

»Sie wollen doch nicht etwa meine Reflexe prüfen?«

»Weigern Sie sich?«

Mit einem verächtlichen Grinsen hob er das Bein. Seine Schuhsohle war fast neu. Kaum anzunehmen, dachte ich, daß er mit angesengten Sohlen herkommen würde. Dazu ist er zu raffiniert. Vielleicht hat er heute morgen die schiefgelatschten Slippers getragen, die er sonst bei seinen Gruppenstunden anhat. Kann er überhaupt der Brandstifter sein?

»Würden Sie bitte mal aufstehen?«

Er sprang auf und kam wütend auf mich zu.

Mit geballten Fäusten blieb er vor mir stehen, und auch ich erhob mich. Ja, die Gestalt ähnelte der des Brandstifters.

»Jetzt langt's mir, Cotton!« blaffte er mich an. »Was bezwecken Sie mit Ihren verdammten Mätzchen? Bein heben, aufstehen, Alibi beibringen! Wollen Sie mich verrückt machen?«

»Aus der Reserve locken«, sagte ich langsam. Er stand in Reichweite, und was ich dann tat, war mehr eine Reflexbewegung als eine überlegte Handlung.

Ich stieß ihm zwei Finger in die Magengrube.

Die Farbe wich aus seinem Gesicht. In seinen sonst so starren Augen glomm ein Funke, der sie belebte. Ich kannte ähnliche Blicke aus Erfahrung. Sie warnten davor, daß der Gegner in der nächsten Sekunden zuschlug oder abdrückte, wenn er eine Waffe in der Hand hielt. Mordlust, das war es.

Aber Woodrow war nicht bewaffnet, und er schlug auch nicht zu. Mit zitternden Lippen ging er zurück und ließ sich wieder auf seinen Stuhl fallen. Jetzt hingen seine Hände schlaff herunter. »Das wird ein Nachspiel für Sie haben, Cotton. Sie haben mich angegriffen.«

Ich lachte. »Ich habe mich verteidigt. Sie kamen mit geballten Fäuste auf mich zu. Ich lasse mich nicht verdreschen, ohne mich zur Wehr zu setzen.«

»Ich habe Sie überhaupt nicht berührt.«

»Ich Sie auch nicht. Jedenfalls kann ich mich nicht erinnern. Wie heißt es so schön in der Psychiatrie? Vorübergehender Gedächtnisschwund. Sie haben da einen Spezialausdruck.«

In seiner Wut nahm er nicht wahr, daß sich hinter ihm die Tür öffnete. Und ich ließ mir auch nichts anmerken.

Jetzt tat er etwas sehr Eigenartiges. Er riß sich die Krawatte über den Kopf, die er zuvor schon gelockert hatte, knöpfte das Hemd bis unten hin auf und zog es aus.

Jemand hatte ihn übel zugerichtet. Sein Oberkörper war voller blauer Flecke ebenso seine Arme. Die Spuren am Hals konnten also auch von dem Burschen verursacht worden sein, der Woodrow zusammengeschlagen hatte.

Und ich war eben noch so sicher gewesen, den Kerl vor mir zu haben, dem ich in meinem Schlafzimmer Hals und Magengegend lädiert hatte.

Das sah allerdings nicht rosig für mich aus. Aber Woodrow half mir, selbstverständlich ohne es zu wollen.

»Haben Sie genau hingesehen? Das ist mein Alibi.

Ich bin heute nacht in meinem eigenen Apartment überfallen worden. Natürlich würde der Bursche mir kein Alibi geben. Ich weiß auch nicht, wer es war. Aber damit Sie noch lange an Ihren Übergriff von eben denken, hänge ich Ihnen das an. Pech für Sie, daß wir allein waren.«

Phil schloß lautstark die Tür, und Woodrow fuhr fassungslos herum.

»Darf ich mal einen Vorschlag zur Güte machen? Sie hängen Jerry nichts an, und wir suchen den Mann, der Ihnen das Alibi mit Fäusten gab.«

»Sie sind befreundet. Ihre Aussage ist wertlos, Dekker.«

Phil schüttelte grinsend den Kopf. »Sie sind doch Arzt. Und da wissen Sie nicht, daß man das Alter Ihrer Prellungen ziemlich genau feststellen kann?«

Ich griff zum Hörer. »Ich werde einen Polizeiarzt herkommen lassen, der Sie sofort untersucht.«

Woodrow sah mich an, starr und wie gelähmt vor Schreck. Das verstand ich nicht. Was hatte er zu verbergen? Ich sollte es noch erfahren.

»Also schön, ich unternehme nichts gegen Sie. Aber weshalb haben Sie mir Ihre Finger in die Magengrube gestoßen?«

»Wenn man glaubt, der Mann, der einen vor wenigen Stunden umbringen wollte, stünde auf Armlänge vor einem, und wenn man es mit einem kurzen Stoß von Zeige- und Ringfinger herausfinden kann, muß man den Versuch machen.«

»Das ist mir zu hoch.«

Ich erklärte es ihm, und danach sah er mich nicht mehr ganz so feindselig an. »Und wen haben Sie außer mir noch in Verdacht?«

Obgleich er nun in meinen Augen entlastet war,

hätte ich ihm nicht meine Überlegungen offenbart. Ich tat es aber, weil ich damit einen Zweck verfolgte. »Da Fred Cuchran ja offenbar ein und aus gehen kann, wie er will — wenn auch ein bißchen umständlich —, interessiere ich mich wieder besonders für ihn.«

Phil machte mir ein Zeichen, daß er mich allein sprechen wollte, und ich schickte Woodrow höflich, aber bestimmt hinaus.

»Ich habe einen Karton mit sehr interessanten Kleidungsstücken in Freds Zimmer gefunden«, berichtete er. »Damit der Fund nicht an die große Glocke gehängt wird, brachte ich alles in den Wagen. Ich habe kaum etwas verändert und wollte wenig anfassen, sah aber einen schwarzen Cordanzug mit Silberknöpfen, einen Zweireiher aus dunklem Tuch mit Nadelstreifen, Stricke, eine Gesichtsmaske und Bartteile.«

»Der ›Henker‹ und der ›Messerstecher‹ friedlich vereint in einem Karton. Wo?«

»Unter Cuchrans Bett.«

»Entweder kreisen wir die Täter langsam ein, oder jemand legt uns eine Spur, so breit wie von einer Nilpferdherde getrampelt, um uns irrezuführen.«

Phil zuckte mit den Achseln. In diesem Augenblick läutete das Telefon. Es war ein Kollege vom Erkennungsdienst. Ich hatte schon am Sonnabend gebeten, nach dem Vorleben der Gruppenmitglieder forschen zu lassen. Es war ein schwieriges Unterfangen, da wir es mit ›unbeschriebenen Blättern‹ zu tun hatten. Alle sehr jung, nicht vorbestraft, über Familie und Freundeskreis wußten wir noch nichts, und bisher hatte ich keinen triftigen Grund gehabt, ihre Fingerabdrücke registrieren zu lassen.

Als Judy jedoch berichtete, Fred sei geflohen, machte ich unseren Kollegen noch einmal Dampf und bat jemanden nach Yonkers zu schicken, um Prints zu nehmen. Ich hoffte, unter Cuchrans Habseligkeiten fände sich ein Gegenstand mit guten Abdrücken. Und der Rest der Gruppe sollte nun auch gleich registriert werden. Da Fluchtgefahr bestand, konnte sich keiner weigern, der sich nicht verdächtig machen wollte.

Der Kollege teilte uns mit, er sei auf dem Weg nach Yonkers. Dann wolle er mein Schlafzimmer abgrasen.

»Okay, ich fürchte nur, es ist nicht aufgeräumt.«

»Erwarte ich nicht anders von dir, Jerry.«

»Ich hör' wohl nicht richtig?«

»Nur Laien räumen einen Tatort auf.«

Da hatte er recht. Anschließend rief ich noch einmal im Office an und ließ mich mit dem Beamten verbinden, der die Nachforschungen über die Vergangenheit von Woodrows Patienten bearbeitete.

»Noch nichts Interessantes über Woodrows Patienten?« Er blätterte eine Zeitlang, denn er vertrat den Sachbearbeiter an diesem Sonntagmorgen. »Pete Woodrow, da habe ich es«, meldete er sich dann wieder. »In der Armee zum Sanitäter ausgebildet. Tat ein Jahr Dienst in Korea, wurde verwundet. Heimkehr, studierte auf Staatskosten Medizin, brach Studium schon im dritten Semester ab. – Mehr haben wir noch nicht.«

Phi und ich hatten die Köpfe zusammengesteckt, so daß wir beide mithören konnten. Ich bedankte mich und knallte den Hörer auf die Gabel. »Hättest du das gedacht?«

»Nie! Willst du ihn zur Rede stellen?«

»Und ob!« Phil war schon an der Tür, und kurz darauf brachte er Pete Woodrow.

»Noch ein, zwei Fragen, ›Doktor‹ Woodrow, dann lassen wir Sie in Ruhe«, begann ich.

Er wurde sofort hellhörig. Dumm war er nicht. »Ich

118

habe nicht promoviert, wenn Sie das mit Ihrem gedehnten ›Doktor‹ meinen«, kam er mir zuvor.

»Interessant! Wieso lassen Sie sich dann Doc nennen?«

»Meine Schutzbefohlenen nennen mich Pete.«

»Und Doc.«

»Ist mir nicht bewußt.«

»Mit welchem Recht spielen Sie sich zum Psychiater auf?«

»Das tue ich nicht. Ich praktiziere eine neue Art von Gruppentherapie. Ich bin Heilkundiger, Seelenarzt, Beichtvater, Psychologe. Ich habe eine Menge von Aufgaben, Pflichten, Fähigkeiten.«

»Sie sind eine ziemlich zwielichtige Type, ›Mister‹ Woodrow«, warf ich ihm ungehalten an den Kopf. »Jetzt weiß ich auch, warum Sie den Polizeiarzt nicht treffen wollten. Er hätte Sie gleich durchschaut.«

»Ich behauptete nie, ein abgeschlossenes Medizinstudium zu haben.«

»Nach welcher Gebührenordnung stellen Sie ihre Rechnungen aus?«

»Es gibt keine Rechnungen. Ich handle aus Nächstenliebe. Die armen Teufel, können ohnehin nichts entbehren.«

»Und wovon finanzieren Sie Ihren Unterhalt, die Miete für das Haus hier und sonstige Unkosten?«

»Aus Geschenken.«

»Tadellos. Sie zahlen also keine Steuern.«

»Das ist legal, da ich keine Einnahmen habe.«

»Und mit welchem Recht verschreiben Sie Medikamente?«

»Ich rate meinen Patienten nur, sich rezeptfreie Mittel zu kaufen, Tabletten auf Kräuterbasis, Tees und ähnliche harmlose Arzneien.«

Ich dachte eine Zeitlang nach. Er kam mir vor wie ein frischgefangener Aal, der einem ständig zwischen den Händen hindurchglitscht. Es mußte einen Weg geben, seine Schlappe für unsere Ermittlungen auszuwerten. Die Idee kam noch rechtzeitig, bevor Woodrow seine Selbstsicherheit wiedergewonnen hatte.

»Führen Sie Krankenblätter? Eine Patientenkartei?«

»Allerdings.«

»Da Sie kein Arzt sind, unterliegen Sie nicht der Schweigepflicht. Ich verlange die Herausgabe dieser Aufzeichnungen.«

Seine Augen blickten weiter starr forschend und eine Spur gedankenverloren drein. Wenn er doch Geld verlangte, hatte er eine doppelte Buchführung. Denn er stimmte sofort zu. Auf den Karteikarten konnte er keine ihn belastenden Eintragungen gemacht haben.

Er öffnete einen Stahlschrank, der in der Ecke des kleinen Büros stand, ließ den Schlüssel stecken und sagte mit großer Geste: »Bitte, bedienen Sie sich! Vergessen Sie aber nicht, daß einige dieser Menschen sehr an mir hängen und nur deshalb wieder Mut zum Weiterleben gefunden haben.«

Woodrow war schon an der Tür, aber ich rief ihn noch einmal zurück. »Können Sie überhaupt beurteilen, ob jemand Rauschgift genommen hat oder nicht?«

»Doch, das kann ich.«

»Ich zweifle daran. Wissen Sie, was ich glaube? Fred Cuchran ist jedesmal vor seinen Horrortrips getürmt und hat sich Stoff besorgt.«

»Ausgeschlossen! Dann wäre er längst tot. Es sind Folgen des LSD-Mißbrauches. Die Anfälle treten immer seltener auf. Wenn er noch eine Zeitlang durchhält, wird er bald wieder leben wie ein normaler Mensch.«

»Sie können mir viel erzählen«, brummte ich.

In diesem Augenblick läutete es. Brian Hale betrat die poppig möblierte Halle. Sein gutmütiges Apfelbackengesicht flößte den Gruppenmitgliedern Zutrauen ein, als er von einem nach dem anderen alle zehn Fingerabdrücke auf Karteikarten pressen ließ. Für ihn war es eine Routinearbeit, und er machte oft Witze dabei, um den Leuten die Scheu zu nehmen. In den meisten Fällen standen sie unter irgendeinem Verdacht. Sie konnten sogar ablehnen, solange nichts Schwerwiegendes gegen sie vorlag. Aber das tat selten jemand, da es den Verdacht erhöhte.

Leider hatten wir vergessen, Brian zu sagen, daß eine Kleptomanin in der Gruppe war. Und so schlug seine harmlose Bemerkung ein wie eine Bombe: »Wenn Sie vorläufig nichts mitgehen lassen, meine Herrschaften, kann Ihnen so gut wie gar nichts passieren.«

Shirley Gonters Karteikarte war schon fertig. Sie stand da und versuchte mit einem Taschentuch, die Farbe von ihren Fingerspitzen zu wischen. Doch auf Hales Bemerkung hin stürzte sie zu dem Tisch, auf dem die Karteikarten lagen, wollte sie an sich reißen und – wie nicht schwer zu erraten war – vernichten.

Brian Hale jedoch war schneller als Shirley. Seine Biedermannsmiene täuschte. Er packte Shirleys Handgelenke und preßte sie fest. Das Mädchen stieß einen kleinen Schmerzenslaut aus.

»Nun wollen wir doch alle schön friedlich bleiben, ja?« fragte er und wartete, bis Shirley trotzig nickte. Erst dann ließ er sie los.

Als wir später im Wagen saßen, kratzte er sich am Kopf, den eisengraues Haar wie ein Fell bedeckte. »Kam mir vor, als hätten die alle 'ne Macke. Liege ich da sehr schief?«

»Deine Beobachtungsgabe funktioniert«, konnte Phil

ihn trösten. »Woodrow ist Spezialist für Ungewöhnliche. Spezialist von eigenen Gnaden, übrigens.«

»Wollte er deshalb die Pfötchen nicht hinhalten?« fragte Brian. Woodrow hatte sich nämlich anfangs geweigert und erst nach einigen aufmunternden Worten von mir seine Prints abnehmen lassen.

»Nein, er kassiert nie Honorare und muß deshalb mit der Seife sparen«, erklärte Phil.

Ich schloß Brian Hale mein Apartment auf, wir drei rümpften die Nasen ob des Geruchs, der uns entgegenschlug, und schon läutete mein Telefon. Der Apparat stand noch im Schlafzimmer, und da Brian ja für die Spurensicherung verantwortlich war, sah ich ihn fragend an.

»Geh nur, Jerry. Hast mir ja erzählt, daß du heute früh schon ein paarmal hin und her gelatscht bist.«

Während ich mich meldete, sah ich, wie Brian den Kanister in einen Kunststoffbeutel tat.

Im nächsten Augenblick schlug mich der Anrufer völlig in Bann.

»Hier ist Hopkins, Mister Cotton. Ich bin bereit, es doch zu sagen. Aber sie müssen sofort kommen. Wir sind in Lebensgefahr.« Es klickte in der Leitung, und ich hängte wütend auf.

»Den Trip hätte uns der alte Trottel ersparen können. Komm, Phil, wir versuchen während der Fahrt, ihn noch mal anzurufen.« Wie ein Storch stakste ich aus meinem Zimmer auf den Flur, um Brian nicht die Tour zu vermasseln.

»Welcher Trottel?« wollte Phil wissen.

»Hopkins.« Ich wandte mich an Hale. »Wärst du so freundlich, Brian, den Nachtportier zu befragen? Vielleicht erinnert er sich an etwas, und du kannst dann in der Richtung weitermachen.«

»Okay, Jerry. Und was wird aus dem Karton? Den wollten wir doch gleich ins Labor bringen.«

»Richtig! Komm mit 'runter und hol ihn dir. Laß ihn nicht aus den Augen, Brian! Könnte Dynamit sein.«

»Na, hoffentlich tickt's nicht auch noch da drin.«

»Dynamit unter der Kehrseite der Killer, meine ich.«

Auf unserer Fahrt nach Peapack, New Jersey, versuchte Phil immer wieder Henry Hopkins zu erreichen, aber niemand meldete sich.

Phil resignierte endlich und gab einem Mädchen in unserer Zentrale den Auftrag, die Nummer weiter anzuwählen und uns zu verständigen, wenn sie eine Verbindung bekäme.

»Weshalb flüsterte dieser merkwürdige Hopkins«, fragte er dann.

»Er hat die Hose voll. Oder die Mörder schleichen ums Haus, Phil.«

»Und wenn sie schon drin sind?«

»Hätte Hopkins wohl kaum anrufen können.«

»Vielleicht flüsterte er deshalb.«

Ich hatte das bereits gedacht, was Phil jetzt nur zum Teil aussprach. »Der Anrufer flüsterte, weil er gar nicht Hopkins ist. Ergo: Sie locken uns in eine Falle.«

»Und wir haben nichts Eiligeres zu tun, als hineinzutappen? Kehrt Marsch! lautet meine Empfehlung.«

Ich schüttelte den Kopf und gab noch etwas mehr Gas. »Wir können einen Hilferuf nicht ignorieren, weil wir eine Falle fürchten, Phil. Dieser eigensinnige Bursche hätte uns gleich sagen sollen, was er weiß.«

Unsere Zentrale rief an. Es war dieselbe Telefonistin,

mit der Phil eben gesprochen hatte. »Die Verbindung ist leider noch nicht zustande gekommen, Mister Dekker. Aber der Chef möchte Sie sprechen.«

»Sie haben lange nichts hören lassen. Dabei sind doch erstaunliche Dinge passiert. Kathleen Anderson ist verschwunden, eine Frau sitzt in der Kartei und sucht den Gangster, der Jerry umbringen wollte. Warum erfahre ich nichts von alledem?«

Ich konnte alles mithören, überließ es aber Phil, die Erklärungen abzugeben. »Wir wollten Ihren Sonntagsfrieden nicht stören, Chef.«

»Haben Sie noch mehr solcher wichtigen Mitteilungen?« fragte Mr. High mit feiner Ironie.

»Sie wissen ja mehr als wir. Den Anschlag auf sich wollte Jerry nicht hochspielen. Daß eine Frau den Täter gesehen haben will, wußten wir nicht.«

»Brain Hale hat den Portier verhört. Er erinnerte sich an einen merkwürdigen Blumenboten. Die Empfängerin wurde befragt und jetzt wälzt sie Verbrecheralben, um den Abgesandten des Rosenkavaliers zu finden. Höchstwahrscheinlich ist er nämlich der Täter. Die Zeit stimmt, und der Portier wunderte sich darüber, daß der Bote so lange blieb. Er schloß, er habe sich noch mit der Dame . . .«, Mister High räusperte sich, »unterhalten. Als dann Miß Miller glaubhaft versicherte, der ›Bote‹ sei gar nicht in ihrer Wohnung gewesen, zog Brian den einzig plausiblen Rückschluß.«

Der Chef wollte uns nicht tadeln, weil wir es unterlassen hatten, ihn auf dem laufenden zu halten. Er informierte uns. »Und was treibt ihr jetzt?«

»Wir sind noch einmal unterwegs zu Henry Hopkins, dem Rentner, der in der Nähe der Andersonschen Jagdhütte in Peapack wohnt und etwas beobachtet haben könnte.«

124

»Und der flüsternd angerufen hat.«

Wir wunderten uns nicht, daß Mister High auch das wußte. Er hatte eine geniale Art, seine Mitarbeiter auszuhorchen.

»Es ist richtig, daß ihr hinfahrt. Aber ihr wißt hoffentlich, was euch dort blühen kann.«

»Selbstverständlich. Wären wir in England, hätten wir vorher um Waffen gebeten. So haben wir sie griffbereit.«

»Ich war vorhin im Labor und habe zugesehen, als der Karton ausgepackt wurde.« Er las uns eine Aufstellung vor. »Ein weicher schwarzer Hut mit breiter Krempe. Ein schwarzer Cordanzug mit silbernen Knöpfen. Ein blau-schwarzer Schnurrbart aus asiatischem Menschenhaar. Zwei dünne Plastik-Gesichtsmasken. Ein Zweireiher aus englischem Tuch mit Nadelstreifen. Eine Nickelbrille und verschiedene Stricke.«

»Ist auch eine Seidenschnur dabei?«

»Nein. Und wenn ich Ihre früheren Berichte überdenke, fehlt noch etwas.«

»Das Schlachtermesser«, sagte Phil.

»Eben! Bisher ist damit noch niemand umgebracht worden.« Diese Worte waren als Warnung für uns gemeint, das hörten wir deutlich heraus.

»Der flüchtige Fred Cuchran wurde noch nicht gefaßt. Aber Großfahndung nach ihm ist eingeleitet. Sie werden sich von jetzt an alle halbe Stunde bei mir melden! Verspäten Sie sich um mehr als fünf Minuten, schwärmt eine Hundertschaft der Kollegen aus New Jersey aus. Ende.« Er war mal wieder besorgt um uns wie ein Vater. Doch fand auch er es richtig, dem Hilferuf Folge zu leisten. Safety first gilt nicht für uns, wenn andere Bürger in Gefahr sind.

Ich lenkte den Jaguar in einen Waldweg, und wir pirschten uns vorsichtig zu Fuß an. Phil hatte Mister High noch einmal angerufen, bevor wir den Wagen verließen.

Das Haus der beiden alten Leutchen wirkte verlassen. Sämtliche Läden waren heruntergelassen.

Phil und ich sahen uns an. »Ob Hopkins weggefahren ist, um zu telefonieren?«

Ich zuckte mit den Achseln. »Bringen wir's hinter uns.«

Das alles hier roch so penetrant nach Köder, daß wir es vorzogen von dem Busch aus, der die letzte Deckung zum Haus hin bot, über den morastigen Boden zu robben. Die kalte Nässe drang schon bis auf meine Haut durch. Wieder eine Hose im Eimer, dachte ich, während ich gespannt zum Haus hinüberspähte. Jalousien und die Haustür waren zu. Trotzdem hatte ich das Gefühl, wir würden beobachtet. Aber von wo aus?

Es war erst vier Uhr nachmittags, und wenn die Gegend nicht so abgelegen gewesen wäre, hätten sich bestimmt amüsierte Zuschauer eingefunden.

Die Kellerfenster, zuckte es plötzlich durch mein Gehirn. Zwei von ihnen reflektierten das Sonnenlicht und blendeten, daß meine Augen schmerzten, wenn ich hinsah. Das dritte, auf das die Strahlen im gleichen Winkel trafen, reflektierte nicht.

Ich sah zu Phil hinüber. Hatte er es auch entdeckt? Es bedeutete, daß dieses Fenster offenstand, oder zumindest, daß die Scheiben entfernt worden waren. Wie wir hier herankrochen, boten wir prächtige Ziele.

Phil und ich hatten verabredet, daß ich den Vordereingang und er die Terrassentür an der Rückseite des Hauses benutzen würde, um einzudringen.

Aber wenn sie uns vorher abknallten?

In der nächsten Sekunde erwartete ich, einen Lauf aus dem Kellerfenster wachsen zu sehen wie den Stengel einer tödlichen Blume, deren Mündungsfeuer rot aufblühen und Verderben in Form von Kugeln auf uns speien würde.

Aber noch blühte uns nichts Derartiges.

Phil und ich entfernten uns im spitzen Winkel immer mehr voneinander. Vielleicht ist unsere Wachsamkeit lächerlich, ging es mir durch den Kopf, als ich den gepflasterten Weg erreichte, der zur vorderen Tür führte. Lauschend blieb ich unterhalb der Vortreppe liegen. Nichts regte sich.

Ich sah auf die Uhr. Phil hatte den längeren Weg. In zwei Minuten wollten wir gemeinsam lospreschen.

Die Eingangstür bestand aus Holzrahmen und dünnem Riffelglas, wie ich sehen konnte. An die Terrassentür erinnerten wir beide uns noch, denn wir hatten sie während unseres Gesprächs mit Henry Hopkins lange genug betrachten können. Der wuchtige Holzrahmen faßte normales Fensterglas ein.

Wir hatten verabredet, daß wir zur selben Zeit beide Türen eintreten wollten. Wenn uns Hopkins vorher entgegenkam, galt dieses Abkommen natürlich nicht mehr.

Aber ich glaubte nicht daran, daß er uns erwartete. Hätte er sonst nicht wenigstens einen Schlitz der Jalousien offengelassen, um das Terrain beobachten zu können? Dann hätte er uns sehen müssen. Sein Haus stand viel zu frei, als daß man es zu dieser Tageszeit ungesehen erreichen konnte.

Noch dreißig Sekunden.

Ich umklammerte meinen .38er und machte mich sprungbereit.

Noch fünfzehn Sekunden.

Dieser verdammte Querkopf Hopkins. Warum hatte er nicht gleich den Schnabel aufgetan? Vielleicht saß er da drin gefesselt und geknebelt. Oder war ihm und seiner Frau Schlimmeres zugestoßen?

Jetzt brauchte ich meine Uhr nicht mehr. Fünf Sekunden, vier, drei.

Ich sprang auf, denn ich hatte noch die Vortreppe zu überwinden — wie ein Stoßtrupp den Wall vor dem feindlichen Schützengraben.

Mit zwei Sprüngen erreichte ich den oberen Absatz. Der Revolver lag entsichert in meiner Rechten.

Noch immer regte sich nichts im Haus.

Aber ich handelte nach unserem Plan weiter.

Ein kräftiger Tritt gegen das Riffelglas.

Es brach und Scherben fielen innen zu Boden.

Ic sprang zur Seite und ging hinter der Mauer in Deckung.

Ein fernes Klirren.

War das Phil, der die Terrassentür auf die von uns verabredete Art geöffnet hatte?

Vorsichtig schob ich meine Linke durch die zerbrochene Scheibe, tastete nach der Türklinke und drückte sie hinunter.

Die Tür schwang auf.

Gleich werden wir uns treffen und ziemlich blöd angucken, ging es durch mein Gehirn. Dann werden wir lachen.

Ich trat die Tür ganz auf und schob mich in das Dunkel. Im ersten Augenblick erschien es mir wirklich pechschwarz, denn ich war noch vom Sonnenlicht geblendet.

Dann warnte mich etwas und ich ließ mich wie ein Stein zu Boden fallen. Im Fallen drehte ich mich um und schoß.

Ein Geschoß sauste zischend über mich hinweg, schlug klatschend auf Mauerwerk und heulte als Querschläger davon.

Auch ich hatte wohl nicht getroffen. Ich hörte keinen Aufschrei, keinen dumpfen Fall, überhaupt nichts.

Aber wie soll man auch nach seinem Geruchssinn schießen? Wir lernen vieles auf der Spezialschule für G-men. Das jedoch ist einem Menschen wohl kaum je beizubringen.

Meine ›Witterung‹ hatte mir wahrscheinlich das Leben gerettet. — Vorläufig, aber immerhin.

Ich hatte starken Schweißgeruch wahrgenommen. Wie ihn Menschen absondern, wenn sie erregt sind, sich körperlich angestrengt haben oder Angst empfinden.

Meine Augen hatten sich an die Lichtverhältnisse hier drin gewöhnt, und ich erkannte, daß ich in dem Lichtschein lag, der von der Tür hereinfiel.

Der Gegner stand links von mir in völliger Dunkelheit.

Für mich gab es auf dem schmalen Flur keine Möglichkeit, mich in den Schatten zu wälzen. Wenn der Ganove wollte, konnte er mich in aller Ruhe abknallen.

Ich hielt mich bereit, abzudrücken, sobald er sich bewegte.

Aber offenbar wollte er mich nicht umbringen. Und deshalb zögerte auch ich, zu schießen.

»Schmeiß deinen Ballermann weg, Cotton«, forderte er mich leise, aber gebieterisch auf.

Ich kannte die Stimme. Woher nur?

Rechtfertigt die Situation, daß ich ihn töte? fragte ich mich. Ich konnte tiefhalten. Aber wenn er auf dem Boden kauerte, verletzte ich ihn möglicherweise lebensgefährlich.

Während ich überlegte, nahm der Gangster mir die Entscheidung ab.

Ich sah Mündungsfeuer, hörte es knallen und spürte einen Schlag gegen meine Rechte. Der .38er flog durch die Luft und prallte hinter mir gegen eine Tür, wie ich aus dem hohlen Klang von Holz schloß.

Er hatte mich entwaffnet. Der Ganove, dessen Stimme ich kannte.

Schlagartig fiel mir ein, wo ich sie gehört hatte. Es war der Mann, der Kathleen angerufen und Lösegeld verlangt hatte. Phil und ich hatten die Tonbänder mehrmals abgehört. Weil aber jede Stimme in Wirklichkeit etwas anders klingt als bei einem Mitschnitt über Telefonleitung, hatte ich sie nicht gleich erkannt.

Das war also der Mann, den wir fieberhaft suchten. Der Mörder Charles Andersons, vielleicht der Täter, der Kathleen hatte erhängen wollen, und der Brandstifter, der mein Schlafzimmer verwüstet hatte.

Er stand nur wenige Meter von mir entfernt, kommandierte mich herum, und ich konnte nichts gegen ihn ausrichten.

Träume und Todesangst bewirken dasselbe, habe ich herausgefunden. Man erlebt alles zusammengedrängt. Innerhalb von Sekundenbruchteilen rollen Bilder und Überlegungen ab, die in normalem Zustand eine lange Zeitspanne erfordern würden.

In diesem Augenblick, da ich den Fangschuß erwarten mußte, erinnerte ich mich genau an unser Vorgehen, das ein Heranrobben gewesen war. Und ich erkannte meinen Fehler. Zwar hatte ich die Falle gewittert. Aber doch nicht ernst genug genommen. Immer wieder die Gedanken, lächerlich, daß da drin jemand lauert.

Wer seinen Gegner unterschätzt, kann tot sein, ehe er

es sich versieht. Alte Militärregel. Auch Agenten sollten sie nie vergessen.

»Und jetzt stellst du dich an die Wand, die Hände in den Nacken!« befahl der Unbekannte. »Wenn du nicht spurst, sterben die Geiseln.«

Hoffnung keimte in mir auf. Also lebte das Ehepaar noch? Natürlich. Der Gangster hatte die Rentner geschont, damit Hopkins Phil und mich in die Falle lockte.

Phil! Was war mit ihm geschehen? Schlich er jetzt draußen herum und überlegte, wie er mich herauspauken könne?

Ich stellte mich an die Wand und verschränkte die Hände im Nacken. Wenn der Bursche einen Fehler machte, traf ihn mein Fuß unterm Kinn. Karate zu beherrschen, kann einem das Leben retten.

Meine Hoffnungen wurden auf übelste Weise zerstört, als sich ganz in meiner Nähe eine Tür öffnete.

»Was ist, hast du Cotton?« fragte eine Männerstimme, die ich sofort erkannte.

»Ja, der ist so gut wie tot. Und deiner?«

»Schwabbelt vor meiner Mündung wie ein Pudding. Durch die Terrassentür fällt allerhand Licht.«

»Bring deinen zuerst in den Keller. Ich halte den hier in Schach. Gemeinsam sind die Burschen gefährlicher als getrennt.«

Fred Cuchran hatte seine Rolle glaubhaft gespielt. Der Süchtige nach der Entziehungskur, bemitleidet von allen Gruppenteilnehmern.

Er hatte mir sogar einen Tip gegeben. Sicher ohne es zu wollen. ›Ich bin der einzige Kriminelle hier!‹ — Nein korrigierte ich mich, ›ich war‹, hatte er gesagt. ›Aber ich wurde nie gefaßt.‹

Er und der Mann, dessen Stimme ich vom Tonband

kannte, hatten Anderson ermordet, das Lösegeld an sich gebracht, und jetzt verübten sie weitere Straftaten?

Weshalb? Konnten sie den Hals nicht vollkriegen?

Im Halbdunkel erkannte ich Phil am Gang, wie er vor Fred her zur Kellertreppe ging. Es sah wirklich so aus, als hätte er weiche Knie.

Wahrscheinlich hatte Cuchran ihm einen Schlag auf den Kopf gegeben.

Dann bewegt man sich so steifbeinig und − wie nicht ganz da.

Auf der Kellertreppe drehte sich Phil um.

»He, du, weiter!« befahl Cuchran und stieß meinem Freund die Mündung zwischen die Schulterblätter.

»Man kann doch vor seiner Hinrichtung noch 'ne Frage stellen, oder?« Phils Stimme klang eigenartig belegt. Ich kenne ihn gut, und deshalb wußte ich, das war nicht die Folge eines K.-O.-Schlags. Phil war erschüttert. Aber über was?

Ich erfuhr es sofort. Und ich begriff auch, weshalb Phil so viel sprach. Er wollte, daß ich wußte, mit welcher Art von Killer wir es zu tun hatten.

»Was macht's euch aus, wenn ihr mir erklärt, warum ihr die kleine alte Frau wie ein Schwein abgeschlachtet habt? Überall Blut im Wohnzimmer. Hat der Mann euch wenigstens verraten, was ihr wissen wolltet, bevor ihr ihm den Schädel durchlöchert habt?«

»Was hast du von einem schwabbelnden Pudding erzählt, du Idiot?« herrschte der Killer im Schatten Fred Cuchran an. »Der redet doch noch wie ein Staatsanwalt vor Gericht.«

Cuchran drehte seine Waffe um, gab Phil eins auf den Kopf und beobachtete ungerührt, wie mein Freund auf der Kellertreppe zusammensank.

Dann setzte sich Cuchran auf die oberste Treppenstufe, ließ die Waffe um den Zeigefinger kreisen und redete. »Was verstehst denn du von der Welt, du Vollidiot? Und von den Menschen, die sie bevölkern? Klar, hat er geschwabbelt, als er das Blutbad sah. Aber die G-men sind das gewöhnt. Jetzt hat er sich gefangen, und sie sind so daran gewöhnt, Fragen zu stellen, daß sie es auch noch tun, wenn sie wissen, daß sie gleich abkratzen werden.«

»Schnappst du jetzt richtig über — oder was? Steh auf, schaff ihn 'runter, ich bringe den anderen nach.«

»Vorläufig sitze ich ganz friedlich hier, halte meine Kanone warm und warte auf den versprochenen Schuß.«

»Ich wußte es ja. Ich hab's ihm gleich gesagt. Süchtige sind bloß eine Gefahr für uns. — Na schön, ich hab' das Zeug hier. Leg deinen Schießprügel weg und hol dir's.«

Längst hatten sich meine Augen an das Dämmerlicht gewöhnt, das durch die eingetretene Tür hereinfiel. Ich sah, wie Cuchran aufstand. Ich konnte sogar die Gier in seinen Zügen erkennen.

Er mußte an mir vorbei, und ich streckte mein Bein vor.

Cuchran fiel vor mir zu Boden wie ein gefällter Baum.

»Cotton, du Schwein!« schrie der andere aufgebracht. »Das hast du absichtlich gemacht!«

Er hatte die geladene Waffe, einen Kumpan, der zwar am Boden lag, aber nicht k.o. geschlagen war wie Phil, und trotzdem mußte ich lachen.

Aus Versehen war mein Bein wirklich nicht in Fred Cuchrans Fahrrinne gekommen.

»Wenn du dich bewegst«, drohte er mir böse, »blase ich dir dein Hirn 'raus!«

Ich bewegte mich nicht. Ich hatte keine Chance. Noch immer stand er im Schatten, und auf mich warf die untergehende Sonne letzte – und in diesem Augenblick höchst unerwünschte – Strahlen.

»Los, Fred, komm her«, befahl die Stimme, die ich vom Tonband her kannte.

Fred richtete sich vorsichtig auf wie ein Turner, der Liegestütz übte, sah zu mir und sprang dann hoch, als sei er emporkatapultiert worden.

Was sich nun abspielte, konnte ich zur Hälfte sehen. Eine Hand reichte eine Spritze. Fred lehnte sich ungeniert an die Flurwand, und auch ihn leuchteten dort die Sonnenstrahlen an. Er gab sich den Schuß in den Arm. Ohne lange Umschweife.

Die Mystery-Stimme aus dem Hintergrund fragte: »Bist du jetzt bald wieder fit? Oder dauert das 'ne Zeit?«

»Moment«, stöhnte Cuchran atemlos wie ein Liebhaber, der mitten im Sex-Akt gestört wird. »Warte einen Augenblick!«

Dieser Zeitpunkt schien mir günstig.

Ich warf mich zu Boden, robbte blitzschnell auf die Kellertreppe zu und – wurde von einem Kugelhagel gestoppt.

»Zurück, Cotton!« schrie der Gangster, von dem ich nur die Stimme kannte. »An die Wand! Diesmal legst du die Hände vor die Stirn und drehst mir die Kehrseite zu.«

Ich gehorchte und sann weiterhin auf einen Ausweg. Mein Gehirn arbeitete fieberhaft. Ich dachte nicht nur an meine und Phils Rettung, ich versuchte auch den Anderson-Fall zu begreifen. Der Anrufer und Cuchran waren also die Täter.

»Jetzt geht's wieder!« ich hörte Cuchran erleichtert aufatmen. »So, und was nun?«

»Hau dem da eins über die Rübe, dann bringst du deinen Pudding 'runter.«

›Dem da‹, war ich, mit dem Pudding meinten sie Phil.

Jetzt hatte ich noch eine Chance. Vielleicht die letzte, um Phils und mein Leben zu retten.

Ich horchte auf Cuchrans Schritte. Wenn er hinter mich trat, wollte ich mich herumwerfen und ihn pak-ken.

Sein Komplice würde ihn wohl nicht durchlöchern wollen.

Dann hatte ich eine Geisel und konnte mit dem Gangster verhandeln, der im Dunkeln stand.

Aber bevor ich herumfahren konnte, bekam ich einen Schlag auf den Kopf. Cuchran war lautlos heran-geschlichen.

Ich brach in die Knie. Schon halb im Wegtauchen nahm ich noch etwas wahr.

Es roch nach Verwesung und Blut. Süßlicher wider-licher Leichengeruch.

In den Bruchteilen von Sekunden, die meinem Gehirn noch zur Denktätigkeit blieben, stellte ich mir die Frage: ›Wieso jetzt schon Verwesungsgeruch?‹

Mark Farleigh spürte, wie eine warme Welle seinen ganzen Körper durchfloß.

Sie hatte ihn wieder einmal so weit.

Sie hatte es geschafft. Zwar wäre es ihm auch jetzt noch leichtgefallen, sich zu beherrschen, sie nicht zu nehmen.

Aber er tat ihr den Willen.

Kathleen klammerte sich mit einer Gier an ihn, daß ihm die Luft wegblieb.

Danach barg sie ihren Kopf an seiner Brust. »Sag mir, daß du mich noch liebst!«

Er starrte an die Decke und murmelte mechanisch: »Ich liebe dich.«

»Sag Töchterchen!« drängte sie.

»Ich liebe dich, mein kleines Töchterchen.« Seine Stimme hatte keine Wärme. Verrückt, dachte er, ich liebe sie nicht. Ich liebe Sally. Das hier ist nur Sex. Und wenn ich trotzdem so weit komme, daß ich Kathleen befriedigen kann, dann nur, weil sie einen Körper wie eine Göttin hat und eine Ausstrahlung wie eine Sexbombe.

Vielleicht würde Sally sogar verstehen, daß ihn Kathleen jedesmal verführte, genau wie damals beim erstenmal.

Sie war noch minderjährig gewesen. Er dachte ungern an jenen heißen Sonntagnachmittag, an dem es passiert war. Charles hatte verreisen müssen und ihn gebeten, nach Kathleen zu sehen, die mit einer Halsentzündung im Bett lag.

Wie naiv waren Charles und er gewesen.

Kathleen hatte später zugegeben, daß alles nach ihrem Plan abgelaufen war. Die Halsentzündung war Vortäuschung gewesen. Das Dienstmädchen, das sie hatte betreuen sollen, war ebenfalls Kathleens Charme erlegen und auf ihren Wunsch ins Kino gegangen. Sie hatte ihr auch noch Geld für einen Einkaufsbummel gegeben.

Und dann weinte sich Kathleen auf Marks Schoß aus, das Köpfchen an seine Brust gelehnt, die bloßen Arme um seinen Hals geschlungen und mit nichts bekleidet als einem durchsichtigen Hemdchen, dessen Träger ständig herunterglitten.

Erschrocken hatte er damals plötzlich festgestellt, daß sie nicht einmal einen Slip trug.

Aber sie ließ ihn nicht aufspringen. Sie klammerte

sich an ihn, küßte ihn, zuerst so wie all die Jahre, wenn er ihr Schokolade oder ein Geburtstagsgeschenk gebracht hatte.

Dann jedoch suchte sie seine Lippen, nahm seine Hand und preßte sie auf ihre kleine feste Brust.

Zum erstenmal empfand er in ihrer Gegenwart sexuelles Verlangen.

Seitdem verwünschte er jenen Nachmittag. Hoffentlich läßt sie mich jetzt gehen, dachte er.

Er schob Kathleen von sich und wollte aufstehen, in dem Augenblick öffnete sich die Tür, und sekundenlang stand Fanny da, starrte herüber und schloß die Tür dann mit lautem Knall.

Mark sprang auf. »Du hattest doch abgeschlossen!« Fassungslos starrte er Kathleen an, die völlig nackt war und sich jetzt mit geschmeidigen Bewegungen erhob. Ihre großen grauen Augen glänzten, ihr schöngeschwungener Mund lächelte. Sie schmiegte sich an ihn.

»Tut mir leid, Mark, es mußte sein. Ich habe den Schlüssel vor- und zurückgedreht. Fanny war eingeweiht. Ihr ist es auch peinlich. Aber ich muß an mich denken. Ich brauche dich. Und neuerdings versuchst du ständig, mich loszuwerden. Das wirst du jetzt nicht mehr tun. Ich habe eine Zeugin, die Sally genau schildern wird, in welcher Situation sie uns überraschte.«

Es dauerte Sekundenbruchteile, bis er begriff. Zuerst spürte er gar nichts. Dann hatte er nur noch ein Bedürfnis: Kathleen umzubringen.

Wie von selbst legten sich seine Hände um ihren Hals, und er drückte zu.

»Au, du tust mir weh!« röchelte sie. Ihre Augen weiteten sich noch mehr, quollen vor, dann begann sie, gegen seine Brust zu hämmern und trat gegen seine Beine.

Er erwachte wie aus einem Alptraum, ließ sie los und taumelte zurück.

Kathleen kroch auf ihr Bett, rollte sich zusammen wie eine Katze und rieb sich den Hals. »Wenn du mich umbringst, verliert Sally dich auch. Lebenslänglich im Zuchthaus ist schlimmer als mit zwei Frauen vorliebzunehmen. Du kommst schon wieder zu dir, Mark. Von mir aus kannst du jetzt gehen.«

Als er fort war, klingelte Kathleen und lachte über Fanny, die verlegen an der Tür stehenblieb. Dann erklärte sie ihr ernst: »Fanny, es mußte sein. Ich will ihn nicht verlieren, und jetzt habe ich ihn fest in der Hand. Außerdem möchte ich nicht umgebracht werden.«

Fanny forschte in Kathleens Gesicht. »Soll das heißen, daß er . . .« Sie vollendete ihre Frage nicht. »Aber einen solchen Menschen kann man doch nicht lieben.«

»Ich liebe eben anders als normale Frauen. Warum bist du denn jetzt erst gekommen? Beinahe wäre es zu spät gewesen.«

»Der Doc hat mich aufgehalten.«

»Woodrow? Ich hatte angeordnet, daß er nicht erfährt, wo ich bin.«

»Er hat Mister Farleighs Wagen in der Garage entdeckt und ließ sich nicht abwimmeln.«

»Dieser aufdringliche Bursche schnüffelt mir also nach. Na, dem werde ich die Meinung sagen. Soll 'reinkommen!« Kathleen warf sich ein hauchdünnes Negligé um und ordnete ihr Haar vor dem Frisiertisch, als Woodrow eintrat.

»Du hast mich also gefunden. Wie nett und fürsorglich«, empfing ihn Kathleen und lächelte ihm im Spiegel zu.

Pete Woodrow betrachtete ihr entspanntes Gesicht und wußte sofort, was sich in dem zerwühlten Bett abgespielt hatte. Die Vorstellung machte ihn zugleich wütend und verrückt nach Kathleen.

Er ging auf sie zu und legte ihr die Hände auf die Schultern. »Warum begibst du dich ständig in Gefahr? Wie konntest du bloß aus dem Krankenhaus flüchten? Willst du unbedingt so enden wie dein Vater?«

»Ich hab's da einfach nicht mehr ausgehalten.«

»Das ist doch kein Grund, sich so blödsinnig zu benehmen. Du hättest mich anrufen sollen. Ich hätte schon erreicht, daß du nach Hause entlassen worden wärst. Aber da du nun auf eigene Faust herkamst, müssen wir der Polizei wenigstens sagen, daß sie ihre Fahndung einstellen kann.«

»Sie fahndet nach mir?«

»Nicht nach dir allein, auch nach Mark. Ich habe seinen Wagen zufällig in der Garage entdeckt.«

»Zufällig. Ist dir nicht zufällig das schwere Tor auf den Kopf gefallen, als du es öffnetest?«

»Okay, ich hatte so eine Ahnung. Eben traf ich Mark draußen und wollte ihn warnen. Aber er stürmte wie von Sinnen an mir vorbei. Was hat er denn?«

»Ich weiß auch nicht, er wollte mich erwürgen«, sagte sie nach einer langen grüblerischen Pause, während der sie Pete aus zusammengepreßten Lidern beobachtet hatte. Lässig legte sie die Bürste fort, schob seine Hände von ihren Schultern und stand auf.

»Erwürgen?« Woodrow stand mit offenem Mund da.

»Ja.« Kathleen zuckte mit den Achseln. »Vergiß es bitte nicht, falls mir doch noch etwas passiert. Dann sag es Cotton. Ich wünsche, daß Mark es büßt, wenn er beim nächsten Mal mehr Erfolg hat.«

Woodrow packte Kathleen am Arm, als sie an ihm

vorbeischlenderte. Er betrachtete ihren Hals. »Tatsächlich, Würgemale!«

»Dachtest du, ich mache dir was vor?«

Pete Woodrow hob beschwörend die Hände. »Es gibt nur einen Ausweg aus deinem Dilemma, Kathleen. Du mußt mich heiraten. Als dein Mann kann ich nicht gezwungen werden, gegen dich auszusagen.«

Sie ging nachdenklich zu einem Sessel und setzte sich.

Woodrow zog sich einen Hocker heran und nahm vor ihr Platz.

»Was willst du damit sagen, Pete?«

»Es gibt eine Menge Ungereimtheiten bei der Entführung deines Vaters, Kathleen. Dein Sportwagen verschwindet, die Einführer fordern dich später auf, das Lösegeld in eben diesen Wagen zu legen. Und du behauptest, er sei abgeschlossen gewesen.«

»Ich mußte doch beim FBI die Wahrheit sagen. Er war abgeschlossen. Ich schloß auf, legte den Koffer rein und schloß wieder ab. Die Burschen haben entweder unseren zweiten Schlüssel geklaut oder einen Nachschlüssel gemacht.«

»Oder du gabst ihnen den Zweitschlüssel.«

»Pete, was bezweckst du?« fragte sie mit gefährlicher Ruhe.

Er seufzte. »Ich wünschte, ich könnte behaupten, dich in- und auswendig zu kennen. Aber auf der Landkarte, die ich mir von deinem Seelenleben gemacht habe, gibt es noch eine Menge weißer Stellen. Ich habe es dir schon mehrmals erklärt, aber Wiederholung nützt nur. All deine Schwierigkeiten wurzeln in der Gleichgültigkeit deines Vaters dir gegenüber, als du ein kleines Mädchen warst. Dieser Messerstecher ist eine Vaterfigur, von deinem Unterbewußtsein verfremdet.

Der Henker ebenfalls. Messer und Seidenschnur sind Sexsymbole. Der spitze Gegenstand, der in deinen Körper eindringt und die Schnur, die dich würgt wie eine Beklemmung vor der Entspannung. Im Messerstecher baut dein Unterbewußtsein die Vaterfigur zu einem Hünen auf, im Henker zu einem lächerlichen Männchen. Ein Bestreben, die Schwäche deines Vaters hervorzuheben. Diese Figuren verfolgen dich seit vielen Jahren, brachten dich sogar schon in die Heilanstalt. Es wäre nur folgerichtig, wenn du eines Tages versucht hättest, dich von der Ursache ihres Entstehens, von deinem Vater zu befreien. Niemand würde dich wegen Mordes verurteilen. Mehrere Psychiater würden dich untersuchen und kämen zum selben Schluß wie ich. Aber du müßtest wieder in eine Heilanstalt und vielleicht sogar für immer.«

Sie sprang auf und lief erregt im Zimmer hin und her. »Das kannst du mir nicht einreden. Trotz allem ich bin nicht verrückt. Ich erinnere mich immer deutlich an meine Alpträume. Also müßte ich mich auch daran erinnern, daß ich jemanden anstiftete, meinen Vater umzubringen.«

»Nicht unbedingt. Aber lassen wir das und reden wir von uns. Wenn wir verheiratet wären, brauchte ich nicht gegen dich auszusagen. Und ich verspreche dir, ich bin tolerant. Du kannst deinen Mark weiterhin empfangen. Und solange du mich nicht willst, belästige ich dich nicht. Aber eines Tages bist du froh, daß du mich hast. Du kriegst Mark über, denn du liebst ihn wie ein Kind. Du brauchst nur erwachsen zu werden, dann wirst du lieben wie eine Frau. Und dann kann dir Mark nichts mehr geben.«

Lange Zeit lief sie noch unruhig hin und her, und Pete ließ sie gewähren.

Endlich setzte sie sich wieder und schluchzte leise. »Ich bin so unglücklich. Eben ist mir wieder etwas klargeworden, Pete. Jedesmal, wenn du mit mir sprichst, wird mir etwas mehr klar über die mörderischen Gespenster. Der Messerstecher in meinen Träumen ähnelt wirklich meinem Vater und Mark. Richtig beschreiben kann ich das nicht, aber du verstehst mich schon. Und der andere Messerstecher, der mich vorgestern umbringen wollte, der ähnelt jemand anders. Das Gesicht schwebt mir vor, aber ich komme nicht drauf, wer es ist.«

»Jemand, den du gut kennst?«

Kathleen preßte die Fingerspitzen gegen die Schläfen. »Ich weiß nicht.«

»Denk an ihn und versuche, dir klarzuwerden, ob du ihn magst oder ablehnst?«

Ihr Gesicht hatte jetzt einen gequälten Ausdruck. »Ich glaube — er ist mir gleichgültig.«

»Stell ihn dir in anderer Kleidung vor. Vielleicht in einem normalen Straßenanzug?«

Sie schüttelte den Kopf.

»Denk dir den Hut weg und den Schnurrbart!«

Eine Zeitlang blickte sie starr ins Leere, dann nickte sie langsam.

»Und jetzt denk dir eine andere Kopfbedeckung! Eine Mütze? Oder setz diesem Gesicht Perücken auf! Langes schwarzes Haar?«

Kathleen schüttelte den Kopf.

»Na, quäl dich nicht, wir kriegen es schon noch 'raus.«

Sie nahm seine Hand. »Was meinst du, Pete, waren die beiden echt, oder habe ich sie mir nur eingebildet?«

Er streichelte liebevoll ihre Hand. »Ich weiß es auch nicht. Jedenfalls ist eins so schlimm wie das andere.

Denn wenn du sie dir nur eingebildet hast, dann versuchtest du selbst, dich am Fenstergriff zu erhängen. Ich müßte also mindestens genausoviel Angst um dich haben, als wenn die Verfolger aus Fleisch und Blut wären. Aber du willst einfach nicht begreifen, wie nötig du mich brauchst.«

Mark Farleigh war noch immer nicht er selbst, als er Kathleens Zimmerflucht verließ. Gedankenverloren lief er die Stufen hinunter.

In der Halle stieß er fast mit Pete Woodrow, dem Psychiater, zusammen.

»Mister Farleigh, ich möchte Sie warnen«, hörte er wie von weit her Woodrows Stimme.

Er fühlte sich bedroht. Noch ein Zeuge für Kathleens Erpressungen?

»Die Polizei fahndet nach Ihrem Wagen. Ich habe ihn zufällig in der Andersonschen Garage entdeckt. Sehen Sie sich vor, Mister Farleigh!«

Farleigh sah den Psychiater an, als sei er ein widerliches Insekt. Er wollte nicht mit ihm sprechen. Wahrscheinlich würde er auch nur Dinge ins Treffen führen, die Kathleen als Druckmittel dienten.

Wortlos stürmte Mark Farleigh hinaus, holte seinen Wagen aus der Garage und fuhr davon.

Was kann ich nur tun? hämmerte es in seinem Gehirn. Ich war einmal schwach, damals, vor vielen Jahren. Und sowohl Charles als auch ich meinten, wir hätten es mit einem harmlosen Kind zu tun. Es ist doch ungerecht, daß ein solcher Augenblick das Leben eines Mannes zerstören soll.

Während der Fahrt grübelte er weiter. Kathleen hatte ein Testament verfaßt, zugunsten ›der Gruppe‹. Nach allem, was ihm Kathleen von dieser Gruppe erzählt hatte, war jedes Mitglied eines Mordes fähig.

Judy Puckley hätte Kathleen gern aus Eifersucht aus dem Weg geräumt, weil sie hoffte, dann würde Woodrow sie zur Frau nehmen.

Shirley Gonter, die Kleptomanin, stahl unter Zwang. Mit viel Geld, wie es bei einer Erbschaft zu erwarten war, konnte sie sich das alles leisten, was sie jetzt einfach nahm. Und falls sie ihren Trieb auch dann noch nicht zügeln konnte, hatte sie Geld genug, um die Verfahren gegen sie niederzuschlagen.

Tom Hubbard, der Farbige, haßte die Gesellschaft. Mit gutem Grund, wie Kathleen wußte. Aber wenn er zur ›besitzenden Klasse‹ aufsteigen konnte, würde er vielleicht — über eine Leiche gehen?

Harry Nash litt unter der Vorstellung, ein Mörder zu sein. Meist bevorzugte er für seine Einbildungen Täter längst vergangener Zeiten. Eine Art psychologisches Alibi, um zu verschleiern, was er wirklich verübt hatte, und was noch nicht geklärt worden war. Ihm war zuzutrauen, daß er Kathleen umbrachte. Nicht, um zu erben, sondern nur, um endlich zu morden, was schon lange in seinem kranken Gehirn ein Wunschtraum war, der in die Tat umgesetzt werden sollte.

Und dann gab es in Kathleens Gruppe noch den Süchtigen, Fred Cuchran. Jahrelang hatte er Rauschgift verteilt, um seine eigenen Bedürfnisse finanzieren zu können. Angeblich war er mit einer Entziehungskur geheilt worden. Allerdings paßte dazu nicht, daß er noch unter Horrortrips litt. Wenn er einen großen Batzen Geldes erbte, um sich davon geruhsam ins Jenseits zu spritzen, würde er nicht auch einen Mord in Kauf nehmen?

Mark Farleigh näherte sich seinem Haus und fuhr

langsamer, denn er mußte überlegen. Es gab für ihn nur zwei Möglichkeiten.

Entweder ich sage Sally die Wahrheit, oder ich töte Kathleen jetzt, da die Chancen am günstigsten sind, daß andere verdächtigt werden.

Beinahe wäre sie aus der Welt geschafft worden. Aber es hat nicht geklappt, dachte er.

Ein zweiter Versuch müßte natürlich ein endgültiger sein.

Und es sollte so aussehen, als wäre einer aus der Gruppe der Täter. Geld wollten sie alle.

Wenn man es richtig durchdenkt, kann man alles arrangieren.

Während er sich den zweiten Ausweg in Gedanken ausmalte, lenkte er den Wagen langsam auf seine Villa zu.

Ich könnte versuchen, Sally zu erklären, wie mich ein Kind, das keins mehr war, verführt hat. Aus purem Sex. Sally wird sich auch erinnern, daß ich damals zuviel gearbeitet und sie etwas vernachlässigt habe. Das war mit ein Grund, daß mich das ›Kind‹ verführen konnte. Und Sally wird verstehen, daß ich es ihr nie sagen wollte.

Einige Blocks vor seinem Haus lenkte Mark Farleigh an den Straßenrand. Ich bin in einer Zwangslage, dachte er. Aber ich kann doch deshalb keinen Menschen umbringen! Auch wenn dieser Mensch die teuflische Kathleen ist.

Ich denke nicht einmal daran, daß ich im Zuchthaus fern von Sally sein würde. Ich denke nur daran, daß ich kein Recht habe, ein Menschenleben auszulöschen. Selbst wenn dieses Biest drauf und dran ist, mich zu vernichten.

Nur — wie soll ich es Sally beibringen. Wird sie mich

danach überhaupt noch lieben können? Besonders, wenn sie erfährt, daß es nicht nur einmal passierte. Daß ich aus Liebe zu ihr, nur zu Sally, immer wieder mit Kathleen schlief?

Er zündete sich eine Zigarette an und wunderte sich nicht darüber, daß seine Finger zitterten.

Das kann Sally sicher nicht glauben.

· Bilder drängten sich ihm auf von den glücklichen Jahren, die er mit seiner Familie verlebt hatte. Erinnerungen daran, wie Sally sich an ihn geschmiegt, wie sie sich geliebt hatten, wirklich geliebt, ohne nur vom Sex dirigiert worden zu sein. Sollte er das alles zerstören?

Oder gab es einen Weg, sich vom Unrat zu befreien und sein Glück zu retten?

Wenn überhaupt, dann nur jetzt, da mehrere Menschen als Mörder von Kathleen Anderson verdächtigt werden konnten.

Er startete den Motor und beschloß, die schwerwiegende Entscheidung noch etwas zu verschieben.

Ich kam zu mir und merkte, daß mir etwas die Kehle zuschnürte. Phil und ich lagen auf dem Boden. Im ersten Augenblick dachte ich, die Ganoven hätten uns fortgebracht, denn dieser Raum wirkte nicht wie ein Keller. Der Boden war mit Holzdielen belegt, die Wände und eine kleine Bar hatte jemand mit großer Sorgfalt getäfelt. Am Fenster erkannte ich dann doch, daß wir im Keller des Hopkins-Hauses waren.

Als ich Phil ansah, wußte ich, was mir die Kehle zuschnürte. Ein dickes Tau schlang sich um den Hals meines Freundes. Auch er war wach und sah mich mit halbgeöffneten Augen an.

Ein Blick zur Holzdecke klärte uns darüber auf, wie

wir ins Jenseits befördert werden sollten. Cuchran drehte grade einen zweiten Haken ein; der erste war schon festgemacht.

Weshalb wollten sie uns aufhängen? Daß Fred Cuchran vom Rauschgift zerfressen, geistig nicht mehr zurechnungsfähig war, schien mir verständlich. Aber der andere Ganove? Warum ließ er eine so umständliche Art zu, uns zu ermorden? Jede Sekunde, die wir länger am Leben blieben, erhöhte doch das Risiko für die beiden.

Ich sollte gleich merken, daß ich mich irrte, was das Erhängen anging.

»Hast du das Messer?« fragte Cuchran, und jetzt tauchte der andere Verbrecher in meinem Blickfeld auf. Ich wollte den Kopf nämlich nicht drehen, damit sie nicht vorzeitig merkten, daß ich wach war.

Ich sah ein großes Schlachtermesser, wie es Kathleen beschrieben hatte, als sie uns vom Messerstecher erzählte. Der Gangster hatte ein Tuch um den Griff gewickelt. Wollte er so verhindern, daß er Fingerabdrücke hinterließ? Schon im nächsten Augenblick wurde ich eines Besseren belehrt.

»Pack den Griff nicht zu fest, damit du die Prints nicht verwischst!«

»Das läßt sich aber nicht vermeiden. Hast du schon mal jemanden erstochen. Das ist nicht, wie wenn du in einen weichen Käse schneidest.«

»Hör auf!« zischte Cuchran den anderen an. »Mir wird schlecht, wenn ich dran denke, was du da oben angerichtet hast.«

»Mußte ich doch. Ich finde auch, daß er merkwürdige Ideen hat. Aber solange er blecht, spure ich.«

»Ich könnte das nicht.«

»Klar, ohne mich wärst du aufgeschmissen.«

Cuchran sprang von dem Barhocker. »So, fertig!«

»Dann müssen wir die Burschen wecken. Kannst du dir denken, weshalb sie erst erstochen und dann aufgehängt werden sollen?«

»Hängt alles mit ihren fixen Ideen zusammen.«

»Eigenartige Type, die Anderson.«

»Verrückter als alle anderen in der Gruppe zusammengenommen.«

Sie wollten uns also erst erstechen und dann aufknüpfen. Sie hatten nur ein Messer. Phil und ich warfen uns einen Blick aus den Augenwinkeln zu, der eine Aufforderung zum Angriff war. Wir waren schon oft in ähnlichen Situationen gewesen und hatten uns mit Blicken verständigen müssen. Das klappte. Nur konnte ich Phil nicht signalisieren, was ich vorhatte. Ich hoffte, daß der mit dem Messer mich zuerst vornehmen würde.

Aber jetzt zerrten sie uns erst in die Höhe. Und zwar zu zweit. Ich biß die Zähne zusammen, als ich mitansehen mußte, wie sie Phil ins Gesicht schlugen, um ihn aufzuwecken. Als er die Augen öffnete, stellten sie ihn unter den Haken und hängten das Seil so ein, daß er aufrecht stehen mußte, wenn er nicht wollte, daß sich die Schlinge zuzog.

Sie machten dasselbe mit mir, und noch immer bot sich keine Chance, meinen Plan auszuführen.

Dann ging Cuchran zu Phil hinüber, kontrollierte noch einmal die Schlinge, und der andere Verbrecher kam mit dem Messer auf mich zu.

»Mae-Geri!« rief ich Phil zu. Fast gleichzeitig schnellten unsere Füße im Vorwärtsfußstoß hoch und trafen krachend auf die Kinnladen unserer Gegner.

Ich faßte das Schlachtermesser, mit dem der Gangster eben hatte zustoßen wollen. Mein Glück war, daß seine

Hand sofort schlaff wurde. Hätte er das Messer noch zurückgezogen, so wäre die Schneide tief in mein Fleisch eingedrungen. Ich spürte ein Brennen und sah auf meine Hand, als ich das Messer umdrehte. Es war nur eine harmlose Schnittwunde.

Cuchran und der Unbekannte lagen jetzt bewußtlos vor uns auf dem Boden.

»Schnell!« rief mir Phil zu, und ich begann fieberhaft den dicken Strick über meinem Kopf durchzuschneiden. Zwar war das Messer scharf wie eine Rasierklinge, aber ich sah nicht, was ich tat, mußte mit gefesselten Händen arbeiten und konnte mich kaum bewegen. Bei der geringsten Körperdrehung schnürte mir die Schlinge die Luft ab.

»Du bist zur Hälfte durch«, sagte Phil, der mein Befreiungsmanöver mit weit aufgerissenen Augen beobachtete. Dann schrie er: »Vorsicht, Jerry!«

In derselben Sekunde sah ich auch, daß sich der Gangster neben Cuchran bewegte. Noch halb benommen tastete er nach seinem Gürtel, aus dem der Knauf meines .38er hervorlugte.

Noch einen kraftvollen Schnitt! dachte ich. Aber der Strick hielt.

Jetzt richtete sich der Verbrecher auf. Sein Blick wurde klar. Ich sah das kalte entschlossene Funkeln. In diesem Augenblick wußte ich, er würde nicht länger zögern, uns umzubringen. Gleichgültig, wie seine Anweisungen lauteten.

Blitzschnell entschied ich mich und handelte gleichzeitig. Ich mußte das Messer opfern. Das einzige Werkzeug, mit dem wir uns hätten befreien können. Aber was nutzt einem ein Messer in der Hand, wenn man tot ist?

Noch während ich den Unbekannten beobachtete,

hatte ich das Messer wieder an der Klinge gefaßt.

Und dann geschah zweierlei.

Die Hand des Mörders zuckte zum Revolvergriff, und ich schleuderte das Messer auf diese Hand zu.

Sein Schrei gellte uns in den Ohren.

Blut spritzte aus seiner Hand und darunter hervor.

Ich hatte ihm die Hand an den Leib genagelt.

Das Brüllen ging in Röcheln über, dann fiel er wieder zurück und blieb stöhnend liegen.

Phil und ich warfen uns einen kurzen Blick zu. »Wenn du mit aller Kraft an dem Strick zerrst, Jerry, kannst du ihn vielleicht zerreißen.«

Während ich Cuchran und seinen jetzt bewußtlosen Komplicen nicht aus den Augen ließ, tastete ich nach dem Strick über meinem Kopf. Ich fand die Schnittstelle, packte das Seil mit beiden Händen unterhalb davon und hängte mich daran. Ich hörte nichts, bemerkte aber, wie Phil eifrig nickte und mit seinen gefesselten Händen Bewegungen machte, als läute er eine Glocke.

Bei meinen Bemühungen zog sich die Schlinge noch etwas zu. Mein Hals schmerzte, und so sehr ich auch die Muskeln anspannte, wurde die Luft knapp. Lange konnte ich nicht mehr durchhalten.

Schon spürte ich die eigenartige Leichtigkeit im Gehirn, wie sie manchmal der Ohnmacht vorausgeht.

Jetzt bewegte sich auch Cuchran. Außer dem .38er, den ich im Gürtel des zweiten Gangster entdeckt hatte, waren noch drei weitere Schußwaffen in ihrem Besitz. Ihre eigenen und Phils Revolver.

Verzweifelt zerrte ich mit letzter Kraft an dem Strick, und endlich riß er entzwei. Keine Sekunde zu spät.

Cuchran richtete sich auf dem Ellbogen auf, starrte zu seinem Kumpan und schrie: »Jacob!«

Alle Farbe war aus seinem Gesicht gewichen. Er kam auf die Füße, und gleichzeitig wollte er in die rechte Jakkentasche fassen.

Aber ich war schneller als er. Noch mit der Schlinge um den Hals sprang ich auf ihn zu und warf mich über ihn, bevor er einen Revolver aus der Tasche ziehen konnte.

Meine Linke traf seine Kinnlade, meine Rechte seine Schläfe.

Cuchran landete mit dumpfem Krachen auf dem Holzboden, und ich lief zu dem anderen. Eigentlich hatte ich das Messer holen wollen, um Phil endlich zu befreien.

Jetzt aber zögerte ich. Wenn ich das Messer aus der Wunde zog, konnte das seinen Tod bedeuten. Im Augenblick blutete er nur noch schwach.

Es schien, als habe Phil mal wieder dem gleichen Gedanken, denn er sagte: »Aber wenn er sich bewegt, solange das Messer noch drin ist, kann er sich damit auch selbst umbringen.«

Nach allem, was wir bisher aus seinen und Cuchrans Reden erfahren hatten, war er ein skrupelloser und besonders grausamer Mörder. Trotzdem, es ist nicht unsere Aufgabe, Verbrecher zu richten.

Ich entschied nach bestem Wissen, zog das Messer vorsichtig aus der Wunde und befreite Phil aus seiner unangenehmen Stellung, und dann schnitten wir uns gegenseitig die Schlinge und die Handfesseln auf.

Phil betastete Cuchrans Kopf, während ich mir die Wunde des anderen ansah.

»Hat ziemlich unangenehm gekracht vorhin«, stellte mein Freund mit leicht belegter Stimme fest. Waren es die Halschmerzen oder die Nachwirkungen unserer nervenzerfetzenden Erlebnisse in den letzten Minuten?

Die Wunde des Mannes, den Cuchran Jacob genannt hatte, blutete jetzt wieder stärker. Ich konnte nicht beurteilen, ob es nur eine Fleischwunde war oder die Leber etwas abbekommen hatte.

»Ja, ich hab's gemerkt«, antwortete ich Phil. »Ist der Schädelknochen verletzt?«

Phil zuckte mit den Schultern. »Schon zu stark geschwollen, um das noch ertasten zu können. Jedenfalls für Laien wie uns.«

»So fest wollte ich gar nicht zuschlagen. Es lag daran, daß sein Kopf schon vom ersten Schlag so zur Seite geschleudert wurde.«

»Der ist doch schlaff vom Rauschgift. Aber dir wird niemand einen Vorwurf machen, Jerry. Besonders nicht, wenn oben die Spuren gesichert werden.«

»Ist es wirklich so schlimm, wie du es schildertest?«

»Gräßlich«, sagte Phil nur, und wir verließen den Keller. Ich warf einen flüchtigen Blick in das Wohnzimmer der Rentner und sah, daß mein Kollege nicht übertrieben hatte.

Dann rannten wir aus dem Haus und zu unserem Wagen, um Rettungswagen und Mordkommission zu benachrichtigen.

Phil gab mir Feuer, und wir rauchten, während wir auf die Verbindungen warteten.

»Siehst du einen Sinn in diesen Taten, Jerry?«

»Wahnsinn. Im Fall Anderson stoßen wir ständig auf Verbrechen, die wie Wahnsinnstaten anmuten. Vielleicht sind sie es. Vielleicht aber sollen sie nur so aussehen.«

Mark Farleigh saß in seinem Arbeitszimmer und grübelte. Er konnte jetzt nicht arbeiten. Zuerst mußte er mit sich ins reine kommen. Wie sollte er sich verhalten?

Beim Schrillen des Telefons fuhr er zusammen.

»Hier ist Kathleen. Ich habe eine grandiose Idee, Mark.«

Alls in ihm war Abwehr. Was wollte sie schon wieder?

»Darf ich gleich mal 'rüberkommen?«

»Nein«, antwortete er barsch.

Sie lachte leise. »Keine Angst. Es geht um etwas anderes. Um mein Testament. Wenn ich es jetzt abändere, wenn die Gruppe leer ausgeht, hat keiner mehr einen Grund, mich umzubringen.«

»Du meinst jetzt plötzlich, es sei einer aus der Gruppe gewesen?«

»Ich bin ziemlich sicher. In meinen Träumen ähnelt der Messerstecher dir und Vater. Aber der von neulich nachts ähnelte einem aus der Gruppe: Fred Cuchran.«

Mark schwieg und versuchte, einen bösen Gedanken von sich zu schieben. Hätte dieser Bursche sein Vorhaben nur erreicht, hämmerte es trotzdem in seinem Gehirn.

»Okay, du möchtest dein Testament ändern. Das ist dein gutes Recht. Wen willst du jetzt einsetzen?«

»Für den Fall, daß ich eines gewaltsamen Todes sterbe, soll das Vermögen an Heilanstalten für Geisteskranke verteilt werden. Setz das bitte auf, ich komme sofort 'rüber. Mit Pete.«

»Muß das jetzt gleich sein? Es paßt mir im Augenblick wirklich gar nicht . . .«

»Ist dir mein Leben so wenig wert, Mark? Sie haben doch schon einmal versucht, mich zu töten. Sie würden es wieder tun. Aber ich schlage ihnen ein Schnippchen. Die Gesichter will ich sehen, wenn ich's ihnen verkünde. Vielleicht verrät sich dann Cuchran, und ich kann ihn der Polizei übergeben. Übrigens, Mark, noch eine Frage: Pete hat mir wieder einen Heiratsantrag gemacht. Soll ich ihn erhören? Oder wäre das zu schmerzlich für dich?«

Farleigh hörte eine Männerstimme im Hintergrund, und Kathleen kicherte. »Reg dich nicht auf, Pete! Mark war immer wie ein Vater zu mir. Er rät mir schon richtig. – Bis gleich, Mark!«

Es klickte. Sie hatte eingehängt. Mit wutverzerrtem Gesicht legte der Anwalt den Hörer auf. War das Testament nur ein Vorwand? Wollte sie Sally treffen und irgendwelche Bemerkungen machen?

Farleigh goß sich einen Cognac ein und trank ihn hastig. Vielleicht sollte ich dem Biest zuvorkommen, dachte er.

Nachdem wir das Krankenhaus und die hier zuständige Mordabteilung verständigt hatten, fuhren wir bis vor das Grundstück des ermordeten Ehepaares. Es war inzwischen völlig dunkel geworden. Aus mehreren Fenstern des Hauses fiel Licht heraus, das wir zuvor eingeschaltet hatten.

Lichtschein drang auch aus der Kellerbar und jetzt erkannte ich, daß dies das Fenster war, das bei unserem Heranrobben kein Sonnenlicht reflektiert hatte. Von dort aus waren wir also beobachtet worden. Inzwischen wußten wir auch, warum uns die Gangster nicht aus ihrem Versteck heraus abgeknallt hatten. Ihr Auftrag lautete, mit Messer und Schlinge zu töten. Weshalb nur?

Ich starrte gedankenverloren auf die Straße, und Phil beugte sich zu dem Kellerfenster hinunter, um nach den beiden Bewußtlosen zu sehen.

Plötzlich richtete er sich auf und packte meinen Arm. Er riß mich fast zu Boden.

Jetzt lagen wir außerhalb des Lichtkegels, der aus der Kellerbar fiel. »Muß noch ein dritter in der Nähe sein«, raunte mir Phil zu.

Wir warteten, aber nichts regte sich.

»Wie kommst du darauf?« flüsterte ich.

»Sieh selbst 'rein. Aber vorsichtig!«

Ich hob den Kopf so, daß ich noch im Schatten blieb und spähte in den erleuchteten Raum.

Cuchran lag genauso da, wie wir ihn verlassen hatten. Er wirkte wie ein Toter.

Bei Jacob hatte sich jedoch etwas Wesentliches verändert.

Das Messer steckte wieder in seinem Körper.

Diesmal allerdings nicht dort, wohin ich es geschleudert hatte, sondern in der Herzgegend.

Er wirkte nicht nur tot, wir wußten, daß er es war.

Wir hatten unsere Revolver wieder an uns genommen, bevor wir das Duo allein ließen. Jetzt entsicherten wir die Waffen und schlichen geduckt in entgegengesetzter Richtung an der Hauswand entlang.

»Nichts«, raunte Phil, als wir wieder zusammen waren. Und auch ich hatte weder ein Geräusch noch eine Bewegung wahrgenommen.

Dafür hörten wir jetzt um so deutlicher das Sirenengeheul, das sich rasch näherte. Und wir sahen die Scheinwerfer der heranrasenden Wagen.

Die Lichterkette kroch durch die Ebene auf uns zu.

»Gute Aussicht«, brummte Phil. »Die armen alten Leutchen.«

»Hopkins verschuldete selbst seinen Tod und den seiner Frau.« Wir standen jetzt mit dem Rücken zur Wand und spähten ringsum in die Dunkelheit. Wenn der dritte Mann noch in der Nähe war, mußten ihn die Sirenen aufscheuchen wie Treiber einen Hasen.

Aber uns lief nichts vor die Läufe.

Erst als der Pulk hielt, gingen Phil und ich auf die Wagen zu. Die Beamten der Mordkommission begrüßten uns. Wir kannten uns seit dem Tod des Reeders, der sich hier in der Nähe auf so dramatische Weise abgespielt hatte.

Ich berichtete dem Einsatzleiter, was sich zugetragen hatte. Wir setzten uns in eins der Polizeifahrzeuge, während Arzt und Sanitäter als erste ins Haus gingen.

Als ich zum Ende meiner Schilderung kam, warf er mir einen erstaunten Blick zu. »Könnte dieser Cuchran seinem Komplicen das Messer in die Brust gestochen haben, nachdem Sie das Haus verlassen hatten?«

Phil und ich schüttelten die Köpfe. »Er lag so da, wie er nach dem Schlag hingestürzt war«, erklärte ich.

»Selbstmord dieses Burschen Jacob? Wäre das möglich?«

»Glaube ich nicht. Seine rechte Hand war durchstochen. Damit konnte er bestimmt nicht zupacken. Und mit der Linken allein, kann man sich ein solches Messer nicht in die Brust rammen, wenn man vom Blutverlust so geschwächt ist. Ich zweifle sogar daran, daß Jacob zu sich kommen konnte.«

Zwei Tragen wurden herangebracht, und der Arzt kam zu uns in den Wagen. »Der eine wurde erstochen. Genau ins Herz.«

Als er noch erklärte, der zweite Stich in der Lebergegend sei nicht lebensgefährlich gewesen, fühlte ich mich erleichtert. »Der andere hat eine Gehirnerschütterung und scheint auch unter Rauschgift zu stehen. Die Spuren von Einstichen an seinem ganzen Körper beweisen, daß er seit langem süchtig ist.«

»Wird er durchkommen?« fragte ich.

Der Arzt hob die Hände. »Normalerweise hat ein Mann in dem Alter eine gute Konstitution. Aber Süchtigen sieht man nicht immer an, wie weit sie schon herunter sind.«

Unsere Aussagen hatten wir gemacht, bei der Spurensicherung wurden wir nicht mehr gebraucht, und so stiegen wir in meinen Jaguar, um in die Stadt zurückzufahren.

»Wo kann sich der dritte Mann versteckt haben?«

»Der ist längst fort.«

»Nein, ich meine, wo war er, bevor er Jacob erstach?«

»Möglicherweise schon im Haus, in einem der anderen Keller.«

»Weshalb brachte er Jacob um?« Phil gab sich selbst die Antwort. »Doch wohl, um einen Mitwisser zu beseitigen. Vielleicht sogar, um das Anderson-Lösegeld allein verbrauchen zu können. Aber wieso ließ er dann Cuchran am Leben?«

»Entweder hielt er ihn für tot, und bei oberflächlicher Betrachtung konnte man das auch. Oder er braucht ihn noch für weitere Verbrechen.«

Phil kratzte sich den Kopf. »Wann hat der dritte Ganove das Haus verlassen?«

»Während wir vom Jaguar aus telefonierten. Es gab nämlich nur eine kurze Zeitspanne, während der er abfahren konnte, ohne daß uns das Motorengeräusch seines Wagens aufmerksam machte: als wir zum Hopkins-Grundstück fuhren.«

»Hätten wir seine Scheinwerfer nicht sehen müssen?«

»Nein, nicht solange wir selbst auf der Straße waren. Vom Hopkins-Haus aus wäre er uns aufgefallen.«

»Meinst du, daß er auch zur Gruppe gehört, Jerrry?«

»Irgendwie scheint alles auf den ›Messerstecher‹ und den ›Henker‹ hinzudeuten. Ob das nun Mache ist oder nicht. Aber sowohl Fred als auch Jacob sind für die Henker-Rolle zu groß.«

»Ist der dritte Mann also dieser Schmächtige?«

»Vielleicht. Ich hoffe, daß die Kollegen vom Morddezernat etwas darüber herausfinden.«

Aus Fußabdrücken kann man auf das Gewicht der Person schließen, die sie verursacht hat. Ein so extrem kleiner und schmächtiger Mann mußte auffällige Spuren hinterlassen haben. Sofort, als wir den Gangstern entkommen waren, hatten wir Mister High angerufen und versprochen, uns so bald wie möglich wieder zu melden. Das taten wir jetzt.

Phil berichtete dem Chef, was mit dem Ehepaar Hopkins, den beiden Gangstern und uns geschehen war.

»Da hätte ich ja unbedingt die angedrohte Hundertschaft ausrücken lassen sollen. Und ich dachte, ich hätte euch eindringlich genug gewarnt.«

Mein Freund erwiderte nichts. Wir hatten uns richtig verhalten, und das wußte Mister High auch. Wenn Geiseln in Gefahr waren, mußten wir immer das eigene Leben riskieren. Das war eine der Stärken der Verbrecher.

»Okay, nächster Punkt«, sagte Mister High nach einer Pause. »Sergeant Crawford vom Morddezernat Brooklyn befragte diesen Anwalt Farleigh, aber er blieb recht zugeknöpft. Vielleicht haben Sie und Jerry mehr Glück, Phil.«

An sich hatte ich gleich nach Yonkers fahren wollen und fragte unseren Chef, ob das Verhör des Anwalts wichtiger sei. Von New Jersey kommend, hätten wir nämlich einen gewaltigen Umweg machen müssen, wenn wir erst nach Queens hinüber sollten.

Nach kurzer Erklärung Phils fand es Mister High auch besser, daß wir zuerst ins Gruppenhaus fuhren, riet uns aber, unterwegs mit Farleigh zu telefonieren.

»Dann bis später«, sagte er und gab die Leitung frei.

Ich mußte mich aufs Fahren konzentrieren, denn jetzt herrschte reger Verkehr in beiden Richtungen. Die Naturfreunde kehrten in die Stadt zurück, und die Auswärtigen, die sich in der City amüsiert hatten, wollten ebenfalls nach Hause. Und ich hatte es besonders eilig, weil ich versuchte, den Vorsprung wettzumachen, den der Unbekannte hatte. Also mußte ich mit Rotlicht und Sirene fahren. Phil besorgte das Telefonieren, und ich konnte mithören.

»Da kann ja jeder behaupten, er sei vom FBI«, raunzte Farleigh meinen Freund an. »Kommen Sie doch her, wenn Sie Auskünfte wollen! Ich habe dem Sergeant von der Mordabteilung alles gesagt, was ich weiß.«

»Mister Farleigh, wer weiß denn schon, daß Sie Miß Anderson auf — ungewöhnliche Weise aus dem Krankenhaus holten, daß eine Großfahndung nach Ihnen beiden lief, weil Sie sich durch diese unbedachte Handlung in Gefahr brachten? Sich und Miß Anderson. Ist das nicht Beweis genug, mit wem Sie sprechen?«

»Weshalb kommen Sie nicht her?« beharrte Farleigh eigensinnig.

»Inzwischen sind drei weitere Morde verübt worden, und zwar im Zusammenhang mit dem Fall Charles Anderson. Unsere Zeit ist knapp bemessen. Ich muß falsch informiert worden sein. Jemand behauptete, Sie seien mit Anderson befreundet gewesen. Das kann ja wohl nicht stimmen, da Sie nichts zur Aufklärung seiner Ermordung beitragen wollen.«

»Wieso das denn? Daß ich Kathleen abholte, hat mit dem Mord nichts zu tun.«

»Miß Anderson ist jetzt — wo?«

»Als ich sie verließ, war sie in ihrer Villa. Sie wollte mich übrigens wegen einer Testamentsänderung aufsuchen, hat es sich dann aber wohl doch anders überlegt.«

»Ging es um Kathleen Andersons letzten Willen?«

»Ich gebe telefonisch keine Auskünfte.«

Phils Stimme wurde schneidend. Ich hörte genau, wie er immer wütender wurde. »Okay, Mister Farleigh, Sie sind nicht bereit, uns bei der Aufklärung einer Mordserie zu helfen. Aber Sie werden aussagen. Dafür sorge ich. Und zwar schneller, als wir Ihre Wohnung erreichen könnten. Ich setze mich jetzt über Funk mit dem Revier in Verbindung, das Ihrem Haus am nächsten ist. Und da Sie es lieber unbequem wollen, wird man Sie als wichtigen Zeugen auf dem Revier befragen. Von einem Anwalt hätte ich mehr Grips erwartet. Wie ich hörte, besteht auch der Verdacht, daß Sie Miß Anderson rieten, die Kriminalbeamtin mit Schlaftabletten zu betäuben. Nämlich während des Telefongesprächs. Nun, das alles wird sich klären lassen.«

Ich hörte Farleigh vor Wut keuchen, als er rief: »Das ist nicht wahr! Ich habe das arme Kind nur da herausgeholt. Auf ihre dringende Bitte hin.« Er wurde leiser. »Also schön, was wollen Sie wissen?«

»Es gibt ein Testament von Kathleen Anderson, in dem die Mitglieder ihrer Trainingsgruppe begünstigt sind?«

»Ja, es wurde hier bei mir aufgesetzt.«

»Sind die Mitglieder einzeln benannt?«

Farleigh bejahte und las auf Phils Aufforderung vor. Sie erbten alle, Pete Woodrow und seine fünf Schäfchen: Judy, Shirley, Tom, Harry und Fred.

»Und wann wurde das Testament abgefaßt?«

»Vergangenen Donnerstag.«

»Wie bitte?« Ich verstand Phils Erregung, auch mir verschlug das den Atem. »Und die Uhrzeit?«

»Auf die Sekunde weiß ich das natürlich nicht. So gegen neun Uhr abends.«

Das war wirklich unglaublich. Am Donnerstag nachmittag hatten wir Kathleen mitteilen müssen, ihr Vater sei auf schreckliche Art ums Leben gekommen. Und wenige Stunden später war sie zum Anwalt gegangen, um ihr Testament zu machen. Um über Geld zu verfügen, das ihr erst kurze Zeit und auf Grund eines so tragischen Ereignisses zugefallen war?

Wieder mußte ich an den merkwürdigen Blick Miß Andersons denken. Diesen ängstlichen, naiven und unbeteiligten Blick. Und das, was wir eben hörten, sprach auch nicht für überströmende Liebe zum Vater.

»Kam Ihnen nicht zum Bewußtsein, daß ein solches Testament für alle aus der Gruppe ein Mordmotiv ist?«

»Doch, aber ich erfuhr ja erst heute früh davon, was Kathleen zugestoßen war. Und sie erzählte auch so merkwürdig, daß es ebensogut bloß eine ihrer fixen Ideen gewesen sein kann.«

»Machen Sie sich doch nicht lächerlich. Eine eingebildete Figur hat noch keinen erhängt.«

»Ich fragte mich, ob Kathleen vielleicht selbst . . .« Der Anwalt schwieg. »Sie ist manchmal — etwas ungewöhnlich.«

Wir hätten uns längst mit ihm unterhalten sollen, denn er kennt sie von klein auf, dachte ich. Aber die Ereignisse hatten uns bisher in Atem gehalten.

Farleigh sprach unaufgefordert weiter. »Übrigens weiß auch Kathleen, daß sie sich durch dieses Testament gefährdet hat.«

Ich spürte deutlich, daß er jetzt erleichtert war. Er

sprach plötzlich fließend, rasch, als dränge es ihn, all das loszuwerden.

»Sie rief an und wollte mit Pete kommen, um das Testament zu ändern. Im Fall eines gewaltsamen Todes sollte das Vermögen Heilanstalten für Geisteskranke zukommen. Bisher ist sie nicht erschienen. Sobald sie kommt, werde ich ihr sagen, daß sie den zuvor ohne Klausel Begünstigten sofort sagen muß, wie sie ihren Letzten Willen abänderte. Sonst ist die Gefahr ja nicht gebannt.«

»Sehr umsichtig, Mister Farleigh. Sie machen sich. Gibt es sonst noch etwas, das wir wissen sollten?«

»Es ist sicher unerheblich. Der Doc will Kathleen heiraten. Ich konnte ihr nur zuraten. Da nun Charles tot ist, vertrete ich ihn ein wenig.«

Während sich Phil von Farleigh verabschiedete, überlegte ich, weshalb Woodrow Kathleen unbedingt heiraten wollte. Wenn Judy richtig lag und Pete weder Liebe noch Lust zu erwarten hatte, blieb ihm doch nur noch die Hoffnung auf Geld. Und wenn ich an seine schiefgelaufenen Absätze und das verlotterte Haus in Yonkers dachte, meinte ich, Geld könnte er brauchen.

Als ich Phil zuhörte, der vor sich hin murmelte, merkte ich, daß diesmal unsere Überlegungen in verschiedene Richtungen liefen.

»Manchmal schreibt das Leben die besten Romane. Und im Roman wäre Farleigh der berühmte Unverdächtige, der Mann mit der weißen Weste, der's dann doch im Endeffekt war. Bloß — aus welchem Motiv sollte er seinen Freund Charles umbringen?«

»Und dessen reizende Tochter beinahe umbringen lassen? Nein, Phil, wir dürfen nicht nach Klischees genial kombinieren. Wir müssen uns an die Tatsachen halten.«

Weniger gut verpackte Typen wären wahrscheinlich nach unserem Riesenslalom mit Rotlicht und Sirene an allen Gliedern schlotternd aus dem Jaguar gestiegen.

Phil und ich schlotterten nicht, aber wir hatten gleich Grund, uns mächtig zu ärgern.

In Woodrows Gruppenhaus war keine Menschenseele — außer Judy Puckley.

Da wir mit ihr ohnehin noch ein Hühnchen zu rupfen hatten, nahmen wir sie uns gleich vor.

»Sie hatten die Verantwortung für Fred. Der Doc traute Ihnen. Aber Fred konnte entkommen und — morden!« Ich sah sie durchdringend an, und sie zerrte wie verrückt an ihrer Strickjacke. »Er ist nicht jedesmal durchs Fenster gestiegen. Und wenn, dann hätten Sie es an der Bettwäsche merken müssen. Sie waren mit ihm im Komplott. Weil Sie Woodrow lieben, wollten Sie Kathleen aus dem Weg räumen. Und Fred wollte das auch, aus anderen Gründen. Ihm ging's ums Geld, das für ihn unzählige Trips bedeutete, Reisen bis an sein Ende.«

»Nein!« schrie sie auf, schlug die Hände vors Gesicht und schluchzte.

»Legen Sie ein Geständnis ab! Zwei rechtschaffene alte Menschen sind auf fürchterliche Weise umgebracht worden. Und alles weist auf einen Täter aus dieser Gruppe hin. Wissen Sie, was das für Ihren verehrten Pete Woodrow bedeutet? Den Ruin!«

Das saß. Sie hörte sofort auf zu weinen und zitterte auch nicht mehr. Schocktherapie. Es hatte sich wieder einmal bewährt.

»Ich sage alles. Aber schweigen Sie Pete gegenüber. Er könnte meinen, ich hätte ihn verraten. Dieser Mordversuch an Kathleen — war bloß vorgetäuscht. Pete meinte, es sei das beste für Kathleen, wenn sie jetzt,

gleich nach dem Tod ihres Vaters auch von den Mordgespenstern befreit würde, die sie verfolgten. Psychologisch war das der richtige Augenblick.«

»Meinte Pete?«

Sie nickte. »Ich sollte den ›Henker‹ darstellen, weil
ich von allen aus der Gruppe die beste Figur dafür hatte,
und Fred sollte den Messerstecher spielen. Wir haben
sooft mitangesehen, wie sich Kathleen quälte, wenn sie
uns ihre Alpträume schilderte, daß wir ihr gern helfen
wollten. Pete besorgte am Freitagmorgen die Kostüme.
Wir übten ein bißchen. Und nach der Gruppenstunde
verfolgten wir Kathleen. Sie hielt uns wirklich für ihre
Traumfiguren, und ich wollte mehrfach aufhören, weil
ich sah, wie ängstlich sie war. Aber Pete hatte uns ja
eingehämmert, sie müsse durch dieses Grauen, um
endlich wieder ein glücklicher Mensch zu werden.«

Judy schneuzte sich. »Ich dachte auch an mich«, sagte
sie dann kleinlaut. »Ich hoffte, daß Kathleen aus Petes
Leben verschwinden würde, wenn sie geheilt war. Und
so taten wir weiter alles, was uns Pete vorgeschrieben
hatte. Kathleen flüchtete vor uns in ein Hotel. Wir riefen
Pete an und fragten, was wir tun sollten. Dranbleiben,
bat er uns. Es sei bald ausgestanden. Fred hatte die Idee,
über die Feuerleiter einzusteigen. Dabei konnten wir
Kathleen in ihrem Zimmer sehen. Wir merkten uns die
Lage, fanden ein offenes Fenster im Stockwerk darüber
und stiegen ein, denn der Raum war leer. Später öffneten wir Kathleens Tür und gingen so auf sie zu, wie sie
es uns unzählige Male beschrieben hatte. Aber sie reagierte jetzt ganz anders.«

Ich merkte, daß Judy nach Worten suchte. »Unbeteiligt?« half ich ihr.

»Ja, so als ginge sie das alles nichts an. Und während
Fred ihr das Messer an die Kehle setzte, schlief sie ein.«

164

Judy schwieg und sah uns erwartungsvoll an.

»Weiter!«

»Wir verließen das Hotel auf demselben Weg, nahmen eine Taxe und fuhren nach Yonkers.«

»Sie haben das Wichtigste vergessen. Sie knüpften Kathleen auf!«

»Nein, ich schwöre es Ihnen!« Jetzt kam Farbe in ihr Gesicht. »Fred kann's bezeugen und auch Pete. Er befragte uns in Hypnose. Da kann man nicht lügen. Wir bedrohten sie nur so, wie sie es immer geschildert hat. Dabei schlief sie ein. Weiter war nichts. Aber Pete hat uns erklärt, was in ihr vorgegangen sein muß. Als sie erwachte, kam ihr erst richtig zum Bewußtsein, daß ihr Vater tot war. In ihrer seelischen Verfassung war der Schock zu groß. Sie wollte sich das Leben nehmen und legte sich selbst die Schlinge um den Hals. Später wußte sie nichts von diesem Anfall.«

»Das ist die unglaublichste Geschichte, die ich je gehört habe«, sagte Phil grimmig. »Wollen Sie uns für dumm verkaufen?!«

»Pete hat uns überzeugt. Der Zeitfaktor, Mister Cotton!« Sie sah mich beschwörend an, und ich glaubte ihr plötzlich. Jedenfalls war sie von dem überzeugt, was sie uns da servierte.

»Zeitfaktor?«

»Ja, Kathleen wurde doch erst am nächsten Morgen gefunden. Hätten Fred und ich sie in der Nacht — aufgeknüpft, das hätte sie nie überlebt. Es muß passiert sein, bevor das Zimmermädchen sie fand. Und da waren wir längst wieder in Yonkers.«

Ich hätte jetzt gern einige Worte mit meinem Freund Phil gewechselt, aber wichtiger war, Judy in Sicherheit zu bringen.

»Sie machen eine Spazierfahrt mit meinem Kollegen

Decker«, sagte ich, »und zeigen ihm das Hotel.«

»Aber das ist doch bekannt! Ich meine – Sie müssen doch wissen, wo Kathleen gefunden wurde.«

»Verschiedene Leute wissen es, aber Außenstehende haben keine Ahnung. Presse, Funk und Fernsehen erfuhren nichts. Wenn Sie wirklich dort waren, finden Sie sicher den Weg.«

»Klar war ich dort. Bloß, Fred fuhr, und ich weiß nicht – es war dunkel . . .«

»Wollen Sie Pete decken? Weil er es von Ihnen verlangte?«

Angst war in ihrem Blick. »Nein! Ich schwöre alles!«

»Den besten Dienst erweisen Sie Ihrem Pete, wenn Sie Ihre Aussage untermauern, und zwar schnell.«

So gut Phil und ich uns verstehen, in diesem Augenblick war ich nicht sicher, ob er ahnte, was ich bezweckte. Ich wollte Judy als wichtige Zeugin in der Hinterhand behalten. Zum Glück können wir uns durch die Blume unterhalten, und das praktizierte ich jetzt.

»Wenn ihr alles geklärt habt, bringst du den Zeugen, von dem wir vorhin sprachen, noch in U-Haft. Zu seinem Schutz! Dann kommt ihr wieder.«

Phils Blick verriet mir, daß Judy schon sehr bald vor Mörderklauen sicher sein würde. Er hatte begriffen.

Das Gruppenhaus war wie ausgestorben, und ich ging in das kleine Büro neben der Halle mit den poppig bemalten Möbeln.

Als ich Mister High so knapp wie möglich berichtet hatte, fragte er: »Und was tun Sie jetzt?«

Ich hatte die Tür zur Halle offengelassen und hörte, wie ein Schlüssel von draußen ins Schloß geschoben wurde. Woodrow kam herein und wunderte sich offensichtlich, daß nicht abgeschlossen gewesen war.

»Hallo, Mister Woodrow!« rief ich und teilte meinem Chef gleichzeitig mit, daß ich jetzt nicht mehr frei sprechen konnte. »Kommen Sie doch bitte, ich habe einige Fragen an Sie.« Leiser sprach ich in die Muschel: »Schade, ich wollte vorher noch etwas über den Rosenkavalier, das wandernde Messer und den Bastler mit den zündenden Ideen wissen.«

Mister High schaltete wie immer atemberaubend. »Soll ich Sie in einigen Minuten anrufen? Zu jeder Frage haben wir eine Antwort. Und noch eine weitere aus dem Labor.«

»Das würde mich freuen. Machen Sie so weiter, Sergeant.«

Woodrow sah sich kopfschüttelnd um und kam auf das Büro zu. »Wo ist Judy?«

»Ich weiß nicht. Vielleicht schläft sie. Ich bin auch eben erst gekommen.«

»War das Haus nicht abgeschlossen?«

»Nein.« Ich sah ihn sehr aufmerksam an. Von Kopf bis Fuß. Seine Schuhe waren sauberer als meine. Auch an seiner Hose entdeckte ich keine Schmutzspuren. Wenn er in Peapack gewesen war, Jacob ermordet und die Flucht durch die morastigen Wiesen ergriffen hatte, dann bestimmt nicht in dieser Kleidung.

Er setzte sich erschöpft und tupfte sich die Stirn. »Ich habe Kathleen gefunden und wieder verloren. Und sie hat mir merkwürdige Dinge erzählt. Von jemandem, dem ich keine Gewalttat zutraue, der sie am Hals gewürgt hat. Entschuldigen Sie, ich brauche jetzt einen Drink.«

Als er aufstand, um in die Küche zu gehen, läutete das Telefon. »Bringen Sie mir bitte ein Bier und ein

Sandwich mit«, sagte ich, bevor ich den Hörer abnahm.

»Der Sergeant vom Dienst«, meldete sich Mister High mit einem Lächeln in der Stimme. »Wird mitgehört?«

»Nein, Sir«, sagte ich mit Respekt.

»Gut. Der Rosenkavalier ist Jacob Lanham. Miß Miller entdeckte ihn nach peinvollem Suchen in der Verbrecherkartei. Inzwischen wissen wir, daß derselbe Jacob an einem Herzstich starb. Das ist die Antwort auf Ihre Frage, das ›wandernde Messer‹ betreffend. Als ›Bastler mit zündenden Ideen‹ kommt wohl Fred Cuchran in Betracht. Er war während seiner Militärzeit bei einer Pioniereinheit und hat Erfahrung mit Sprengkörpern. Die zusätzliche Erkenntnis stammt aus dem Labor. Proben der Stricke wurden verglichen, Fragmente aus den Leichenteilen Andersons, von den Handgelenken der bestialisch ermordeten Mrs. Hopkins und aus dem Kostümkoffer wurden verglichen. Sie alle sind von derselben Sorte wie die Stricke, mit denen Sie und Phil erhängt werden sollten.«

Woodrow kam mit einem Tablett zurück, und ich bedankte mich beim Chef für die neuen Informationen. »Seine Unterstützung brauche ich dringend. Hoffentlich beeilt er sich ein bißchen.«

»Ich sorge dafür. Ach, und noch eins: Ein V-Mann teilte mit, daß Cuchran und Lanham eine Zeitlang gemeinsam im Stoffhandel waren. Lanham rührte das Zeug selbst nicht an. Er ›avancierte‹ deshalb zum Leibwächter des Kopfes der Bande, der inzwischen sitzt. Als der Ring aufflog, meldete sich Cuchran freiwillig zur Entziehungskur. Lanham ernährte sich von Erpressungen Süchtiger, die er zuvor beliefert hatte, und nun machen Sie mal weiter, Jerry!«

Woodrow hatte das Tablett vor mich hingestellt und

trank seinen letzten Schluck Whisky aus, als ich einhängte.

»Darf ich erfahren, wer Miß Anderson angeblich am
Hals würgte?«

Während ich das Sandwich aß, erzählte er vom väter-
lichen Farleigh, der seit Jahren ein Verhältnis mit Kathleen hatte und sich jetzt von ihr befreien wollte. Jetzt
verstand ich Woodrows Ausruf: ›Dieser alte Bock!‹, der
im Zusammenhang mit Farleigh gefallen war. Und ich
verstand auch, warum Farleigh Kathleen aus dem Krankenhaus geholt hatte. Mädchen, die einen Mann in der
Hand haben, können ihn um den Finger wickeln.

Als ich die letzten Happen in den Mund schob, war
ich zwar nicht satt, hörte aber meinen Magen wenigstens nicht mehr knurren. Ich spülte mit Bier nach und
fühlte mich für das Verhör gestärkt.

»Ich wollte Sie nicht schocken, bevor Sie einen Drink
bekommen hatten«, eröffnete ich ihm. »Aber jetzt ver-
tragen Sie die Wahrheit sicher.« Sein Gesicht blieb ausdruckslos, als ich wiederholte, was Judy Puckley ausgesagt hatte.

Woodrow zog die Mundwinkel verächtlich herab, als
ich fertig war. »Sie haßt mich, weil ich nicht mit ihr ins
Bett gehe. Sie erfindet Belastendes, um mich zu vernichten. Rache will sie. Das ist die Ausgeburt ihres
kranken Gehirns. Aber es ist möglich, daß sie mit Fred
diesen Mordanschlag verübte. Eifersucht und Geldgier,
zwei Motive, zwei Täter, ein böses Gespann.«

Ein Wagen fuhr vor, dessen Motorengeräusch ich
bestens kannte. Es war mir lieb, daß Phil gleich darauf
an dem Verhör teilnehmen konnte. Nicht nur wegen
der Zeugenaussage. Zu zweit hört man mehr heraus,
kann Kreuzfeuer geben und sich hinterher besser aus-
tauschen.

»Wenn Fred aus Geldgier gehandelt hätte, dann ja nur wegen des Testaments. Dazu habe ich eine wichtige Frage an Sie. Wie kam Kathleen dazu, Ihnen und der Gruppe ihr Erbe zu vermachen?«

»Seit ich sie kenne, will sie mich mit Geld bombardieren. Kathleen meint, man könne alles kaufen. Ich sollte reich werden, wenn ich sie heilen würde. Ich lehnte ab, denn es ist nicht sicher, ob Kathleen heilbar ist.«

»Sehr anständig von Ihnen.«

»Ihre Ironie ist fehl am Platz. Sie achten mich nicht, weil mir der Doktortitel fehlt. Ein dummes Vorurteil.«

»Ich wäre wirklich dumm, wenn ich Sie deshalb für minderwertig halten würde.

»Tun Sie das nicht?«

»Nein. Ich hab' nur etwas gegen Leute, die mehr scheinen wollen, als sie sind.«

»Das geht mir genauso.«

Wieder einmal unterbrach das Läuten des Telefons unser Gespräch.

Ich beschränkte mich darauf, kurze Fragen zu stellen, die Woodrow wenig Aufschluß gaben, denn was ich hörte, wollte ich als Überraschungsmoment verwenden.

Fred Cuchran war an einer Überdosis Rauschgift gestorben. Ein frischer Einstich im linken Arm sei entdeckt worden, hieß es. »Und im rechten?« fragte ich den Kollegen.

Denn das Bild, wie sich Fred im Flur des Hopkins-Hauses die Injektion in den rechten Arm gab, hatte sich mir genau eingeprägt.

Es dauerte einige Minuten, bis der Kollege im ärztlichen Befund fand, was ich wissen wollte. In der rechten Armbeuge sei auch ein Einstich vorhanden gewesen.

»Aber er war schon verschorft, als der Arzt Cuchran am Tatort untersuchte«, hörte ich.

Eins war sicher: Cuchran konnte nicht aufgestanden sein, nachdem ich ihn niedergeschlagen hatte. Er war mit diesem zweiten Shot ermordet worden. Der dritte Mann im Hopkins-Haus war also zum Doppelmörder avanciert.

Ich legte den Hörer auf und sagte: »Fred Cuchran ist an einer Überdosis Rauschgift gestorben.«

Deutliche Erleichterung schien Woodrows Züge zu prägen. »Es ist besser so«, murmelte er.

»Würden Sie mir das bitte erklären?«

Woodrow holte tief Luft. »Ja, jetzt kann ich sprechen. Fred Cuchran und ein mir unbekannter Mann haben Charles Anderson entführt.«

»Und das haben Sie uns verschwiegen?«

»Ich mußte. Sie werden mich verstehen. Als Psychologe erkannte ich, daß Kathleens Geisteszustand immer bedenklicher wurde. Ich bat Charles Anderson um eine Unterredung, denn ihr Haß richtete sich ausschließlich gegen ihn, und ich fürchtete eine Gewalttat. Mister Anderson benutzte Kathleens Sportwagen, um sich mit mir zu treffen. Kathleen fuhr ihn seit einiger Zeit nicht mehr, weil ich das für sicherer hielt. Charles Anderson wollte kein Aufsehen erregen, seinem Chauffeur hätte er Erklärungen abgeben müssen. Es war Zufall, daß ich den Anfang der Entführung miterlebte. Wir hatten nur umherfahren und uns unterhalten wollen. Plötzlich richtete sich der Unbekannte hinter uns auf und befahl Anderson, auf einen Parkplatz im Van Cortlandt Park zu fahren. Dort wurde ich abgesetzt. Ich nahm eine Taxe und fuhr zu Kathleen. Nur sie konnte dem Unbekannten den Zweitschlüssel gegeben und beobachtet haben, daß ihr Vater ihren Sportwagen an diesem Tag benutzte. Ich beschwor sie, die Sache rückgängig zu machen. Sie behauptete, das ginge jetzt nicht mehr.«

»Das war Mittwoch mittag?«

»Ja. Später rief der Erpresser an, forderte Lösegeld, und mir kamen Zweifel. Jetzt hielt ich Kathleen wieder für schuldlos an der Entführung. Mit Farleighs Hilfe beschaffte sie das Lösegeld und legte es in ihren eigenen Sportwagen, der an einer belebten Straße in Maspeth stand. So erzählte sie es mir. Ich hoffte nun, daß Anderson heil zurückkommen würde und daß Kathleen nicht die Hand im Spiel hatte. Ich war gerade dabei, sie wieder eindringlich zu befragen, da lernte ich Sie kennen, Mister Cotton, und Ihren Kollegen Decker. Sie wunderten sich ja selbst, wie gelassen Kathleen die Nachricht vom Tod ihres Vaters aufnahm. Nun kamen mir wieder Zweifel.«

»Sie hätten mir die Wahrheit sagen müssen. Vielleicht lebten dann noch einige Unschuldige, die inzwischen ermordet wurden.«

»Ich war nicht sicher, verstehen Sie mich doch bitte. Alle in der Gruppe drehten durch, als sie vom Tod Andersons hörten. Bei einer leichten Hypno-Befragung schilderte mir Fred, wie er die Bombe gebastelt hatte. Aber Sie wissen ja, wie unglaubwürdig solche Selbstbezichtigungen sind. Und doch muß es sich so abgespielt haben.«

»Ihr Verhalten ist mehr als grob fahrlässig!«

»Aber denken Sie doch an Harry Nash! Haben Sie ihm geglaubt, daß er Kathleen im Hotel erhängte?«

Ich hakte sofort ein. »Er wußte es von Ihnen, nicht wahr? Sie sagten es ihm während der Hypno-Analyse.«

»Wozu denn? Ich weiß, wie sehr Sie dieser Punkt interessiert. Sie riefen Harry in der Nacht zum Sonntag an, und er telefonierte gleich darauf mit mir. Ich hab' es ihm nicht gesagt. Vielleicht vertraute sich Kathleen selbst ihm an.«

»Sie haben in diesem Fall eine Menge vertuscht. Wir werden herausfinden, wer die Kostüme für den Henker und den Messerstecher besorgte.«

Er sackte in sich zusammen. »Okay, ich schickte die beiden hinter Kathleen her. Ich mußte mit allen Mitteln versuchen, Kathleen in die Wirklichkeit zurückzureißen.«

»Eine gefährliche Schocktherapie. Besonders das Erhängen.«

»Judy und Fred können sie gar nicht aufgeknüpft haben. Bedenken Sie den Zeitfaktor, Mister Cotton!«

»Ich bedenke. Der einzige aus der Gruppe — außer Judy und Fred —, der wußte, daß Kathleen im ›Riban‹ war, sind Sie. Weshalb versuchten Sie, Kathleen zu ermorden?«

Er war grau im Gesicht, aber er hielt aus. »Es bröckelt immer mehr ab. Ich kann die Frau, die ich liebe, nicht mehr retten. Ich tat es, um den Verdacht von Kathleen abzulenken. Den Verdacht, daß sie die Mörder ihres Vaters gedungen habe.«

»Sie setzten nicht nur Ihre Existenz aufs Spiel für das Mädchen. Sie riskierten auch lebenslänglich«, warf Phil ein.

»Kathleen ist krank, aber ein guter Mensch, und ich liebe sie.«

»Harry Nash rief Sie also an, nachdem er mit mir telefoniert hatte«, wechselte ich das Thema. »Später gingen Sie dann nicht mehr an den Apparat.«

»Selbst ich muß mal schlafen. Und nachdem ich verprügelt worden war, nahm ich Schmerztabletten.«

»Und ich dachte schon, Sie hätten mich rösten wollen. Wer verprügelte Sie?«

»Er war groß und breitschultrig. Er ähnelte dem Unbekannten aus dem Wagen, der Anderson entführte.«

Ich beschrieb ihm Jacob Lanham, und er nickte langsam. »Ja, das könnte er sein.«

»Sie schwiegen hartnäckig. Weshalb jetzt der Gesinnungswandel?«

»Weil Kathleen wieder fort ist und ich nicht weiß, was sie anrichtet.«

Ich hatte den Hörer schon in der Hand, während er weitersprach. »Ich kann nicht mehr ausschließen, daß die Katastrophe eintrat, die ich befürchtete. Die geistige Katastrophe, der dann ein Amoklauf folgen könnte. Diese Behauptung, Farleigh habe sie gewürgt. Er ist auch eine Art Vatertyp. Wenn sich ihr Geist völlig verwirrt, wird sie unter einem Vorwand bei ihm eindringen und ihn selbst umbringen.«

»Warum sagten Sie nicht sofort, daß die Anderson weg ist?«

Er sah mich verdutzt an. »Das tat ich doch. Ich sagte, ich hätte sie gefunden und wieder verloren.«

Ich schlug mir vor die Stirn. Meine Güte, das hatte ich symbolisch verstanden.

Als ich die Großfahndung nach Kathleen anordnete, brummte der Kollege am anderen Ende etwas von ›Kindermädchen für Millionen-Erbinnen‹.

»Es wird kein Job für Kindermädchen. Kathleen Anderson hat vermutlich zwei Menschen ermordet und zahlreiche andere durch Anstiftung auf dem Gewissen.«

Wütend legte ich den Hörer auf. »Sie hat schon . . .« Es kostete Woodrow den letzten Rest seiner Selbstbeherrschung. Er schlug die Hände vors Gesicht und schluchzte. Ich hasse heulende Männer.

»Bisher sind das alles nur Vermutungen«, sagte ich barsch. »Beweise haben wir nicht.«

Stumm nahm er ein Tonband aus seiner Jackentasche. Dann sagte er mühsam: »Ich fürchte, Sie müssen mich wegen Begünstigung festnehmen, denn nun sieht es doch so aus, als sei das Geständnis echt, das sie da ablegte.«

Meine Finger zitterten, als ich das Tonband in das Gerät fädelte.

Und dann hörten wir Kathleens Stimme.

Sie sprach leise, unbeteiligt, ohne Erregung. Wir dagegen hatten Mühe, uns bei ihren Worten ruhig zu verhalten.

»Ich ließ meinen Vater töten, um frei zu sein. Von dem Lösegeld bezahlte ich Fred, der die Bombe bastelte, und seinen Freund. Als Vater tot war, sehnte ich mich nach Liebe. Ich vermachte mein Geld der Gruppe. Aber nicht alle liebten mich. Judy und Fred wollten mich töten. Trotz der dünnen Gummimasken hatten ihre Gesichter noch typische Züge, an die ich mich jetzt erinnere. Noch einmal müssen Fred und sein Freund töten, damit ich frei bleibe. Als sie oben in der Jagdhütte waren, ging ich am Fuß des Hügels auf und ab. Und da sahen sie mich und den Wagen, in den ich einstieg. Meinen eigenen. Wenn Fred und Jacob die Alten und die Agenten erledigt haben, sind sie selbst dran. Das muß ich tun, denn Mitwisser und Mißtrauische sind eine Gefahr für mich.«

Das Band war abgelaufen. »Wieso knackt es ständig zwischen den einzelnen Sätzen?« fragte Phil und bewies damit, daß er zu den Mißtrauischen gehört.

»Ich stellte Zwischenfragen, die ich nicht aufnehmen

wollte«, erklärte Woodrow. »Das Knacken ist das Geräusch der Stoptaste.«

Es konnte uns gleichgültig sein, da Bandaufnahmen vor Gericht ohnehin so gut wie keine Beweiskraft haben.

»Ist das alles?« fragte ich.

»Noch einige Sätze auf der anderen Seite.«

Die Worte, die wir jetzt hörten, klangen noch unbeteiligter. »Es ist aus, Pete. Tut mir leid. Nach allem, was du für mich getan hast. Hätte ich vorher gewußt, daß diese Mordgespenster viel schlimmer sind ...« Ein Schluchzen. Dann: »Jetzt jagen mich die Toten. Das ertrage ich nicht. Wenigstens kann ich jemandem noch einen Dienst erweisen. Ihn werde ich bitten, mich wirklich zu befreien. Und das wird auch ihn heilen.«

»Wann haben Sie das aufgenommen?«

Woodrow schüttelte den Kopf. »Gar nicht. Sie schickte mich fort. Abends hielt ich es dann nicht mehr aus und fuhr noch einmal in die Villa. Da fand ich dieses Band in Kathleens Gerät.«

Ich schnappte das Tonband, winkte Phil mitzukommen und lief hinaus zu meinem Wagen.

Wir fuhren ins Büro und unterrichteten Mister High auf dem Weg dorthin. »Wir brauchen jetzt einen guten Psychiater, der sich auf diese letzten Sätze einen Vers machen kann«, sagte ich. »Einen unserer Gutachter.«

Franklyn Rafferty, ein ›echter‹ Doc, saß schon in Mister Highs Büro, als wir außer Atem hineinstürmten. Gemeinsam hörten wir beide Seiten des Bandes ab.

Unser Chef hatte dem Psychiater schon geschildert, was wir über Woodrows Gruppe wußten, und der Nervenarzt schüttelte in milder Verwunderung den Kopf, als Mister High ihn um seine Stellungnahme bat. »Eine merkwürdige Art gruppendynamischen Trainings, die da praktiziert wird. Diese Menschen muß man führen, darf man nicht sich selbst überlassen. Austoben allein erbringt keine Heilwirkung. Ich hätte versucht, Miß Anderson mit dem Urschrei zu heilen, denn ihre Beschwerden beruhen auf frühkindlichen Erlebnissen.«

Ich rang unbewußt die Hände. »Ich beschwöre Sie, Doc, keine Vorträge. Wir müssen sie finden, bevor sie weiteres Unheil anrichtet oder sich umbringt.«

Er schaufelte mit seinen riesigen Händen durch die Luft. Diese Hände schienen nicht zu einem Wissenschaftler zu passen. Der riesige Kopf, für den er Hüte nach Maß anfertigen lassen mußte, erweckten schon eher mein Zutrauen in seine Gehirnmasse und -kapazität.

Und tatsächlich gab mir Rafferty den Schlüssel zur Lösung dieses abscheulichen Verbrechens.

»Keine Angst, ich weiß, wo ich bin, nämlich nicht im Hörsaal. Aus der Antriebslosigkeit der Sprechenden, den falschen Betonungen und vielem anderen entnehme ich, daß sie diese Sätze nachsprach.«

»Alle? Auf beiden Bandseiten?«

»Ja. Es ist schwer zu sagen, ob sie in leichter Hypnose sprach oder unter dem Einfluß eines Wahrheitsserums stand. Ich vermute, beides wurde angewandt. Da Sie in Eile sind — begreiflich —, können wir später erörtern, wie ich zu diesem Schluß komme. Als Kriminalisten kennen Sie alle die Unzuverlässigkeit der sogenannten Wahrheitsseren. Sie bewirken euphorische Zustände, in denen die mit diesen Medikamenten Behandelten Straftaten zugeben, die sie nie verübt haben.«

Das stimmte, wie wir aus Erfahrung wußten.

»Solche Aussagen werden nach Gaben von Wahrheitsseren aus freien Stücken gemacht. Hier aber wurden sie suggeriert. Außer den akustischen Merkmalen, die vielleicht für Sie weniger beweisen als mir, gibt es einen Angelpunkt, der im geistigen Bereich liegt. Die zweite Aufnahme soll eine Art gesprochener Abschiedsbrief sein, eine Suicid-Ankündigung. Die letzten Worte lauten: ›Wenigstens kann ich jemandem noch einen Dienst erweisen. Ihn werde ich bitten, mich wirklich zu befreien. Und das wird auch ihn heilen!‹ Dieser Passus ist nicht dem Gehirn einer Psychopatin entsprungen, sondern dem eines Möchte-gern-Psychologen. Auch kranke Gehirne arbeiten nach ihnen immanenten logischen Gesetzen. Beide Aufnahmen sind frisiert, diktiert.«

Er legte die Fingerspitzen aneinander und ich dachte an Bananenstauden. Dabei fieberte ich vor Spannung, wollte ihm endlich eine entscheidene Frage stellen. Später erst begriff ich, daß das Schlüsselwort längst gefallen war.

»Wir sollen glauben, Miß Anderson wolle sich durch den Tod von den sie jagenden Toten befreien lassen. Sie wüßte am besten, daß der Mensch, der sie — auf ihren Wunsch, wie auch immer — umbringt, nicht geheilt, sondern ein Gejagter wäre.«

Ich konnte mich nicht länger zurückhalten. »Wer?« fragte ich atemlos. »Wer soll es ausführen?«

»Soweit mir Mister High die Mitglieder der Gruppe geschildert hat, sollen Sie auf Harry Nash tippen.«

Wir hatten schon auf dem Sprung gesessen, und jetzt eilten wir wie von der Sehne geschnellte Pfeile zur Tür.

»Haben Sie übrigens schon an folgende Konsequenz gedacht, Mister High, die der Täter völlig außer achtließ . . .«, hörten wir Doc Rafferty noch sagen, dann krachte die Tür hinter uns ins Schloß.

Ich trommelte nervös an die Liftwand, während mich Phil finster und grübelnd anstarrte. »Rafferty spricht von einem Täter, als wüßte er, wer es ist.«

»Wundert dich das? Bei dem Kopf?« fragte ich grimmig, weil mir der Fahrstuhl zu langsam war.

Harry Nash öffnete uns nicht, und so warfen wir uns mit vereinten Kräften gegen die Tür, bis sie nachgab.

Wir sahen mit einem Blick, daß wir zu spät gekommen waren. Kathleen lag auf der Couch, ihr Kopf hing fast auf dem Boden, ihr schönes Haar breitete sich auf dem Teppich aus.

Nach dem Blut zu urteilen, das die Couch tränkte, mußte ihr Körper eine einzige Wunde sein.

Nash hockte auf dem Boden und blieb reglos. »Sie war schon tot, als ich heimkam.«

Eine Tür neben dem Bett öffnete sich, und Pete Woodrow kam in den Raum. Er hielt in jeder Hand einen Colt.

»Lassen Sie nur, Doc«, sagte Harry müde. »Ich mache keinen Fluchtversuch. Vielleicht wird wie durch ein Wunder meine Schuldlosigkeit ans Licht kommen.«

Schon als ich Woodrow im Türrahmen gesehen hatte, war mir ein solches Licht aufgegangen. Der Schlüssel, den uns Rafferty gegeben hatte. Nicht die Idee einer Psychopatin, sondern die eines Möchte-gern-Psychologen. Woodrow war die Bestie, die hinter all diesen Morden steckte.

Hätte Harry Nash den Kopf nur etwas gedreht, so wäre ihm klargeworden, daß Woodrow nicht auf ihn zielte, sondern auf Phil und mich.

»Was die dir glauben oder nicht, ist gleichgültig«, sagte Woodrow mit überlegenem Grinsen. »Ihr fahrt zu dritt in die Hölle, dann trennen mich keine Mitwisser mehr von meiner sauer verdienten Erbschaft.«

Das blutige Messer, mit dem Kathleen umgebracht worden war, lag vor Harry Nashs Füßen. Als er mich verständnislos anstarrte, signalisierte ich ihm, das Messer aufzuheben. Phil lenkte gerade Woodrows Aufmerksamkeit auf sich.

»Auch Psychologen können irren. Außer Ihnen erben Shirley, Tom und Judy.«

Er fühlte sich so sicher, daß er den Augenblick des Triumphes auskostete. »Shirley wird mit Tom in den Flammen sterben, die er in ihrem Zimmer entfacht, weil es ihn mal wieder drängt, eine Fackel anzuzünden, und Judy macht endlich ihre Selbstmorddrohungen wahr. Welch ein Tag für mich, wenn ich die Idioten endlich los bin!«

»Aber niemand erbt«, warf ich jetzt ein, »denn Kathleen hat ihr Testament geändert. Im Falle ihres gewaltsamen Todes . . .«

»Sie sind auch so ein Idiot, Cotton!« schnauzte Woodrow. Und ich bewunderte ihn ob seiner Heuchelei. Er hatte den Gebrochenen wirklich echt gespielt.

»Bevor sie zu Farleigh ging, nahm ich sie mit nach Peapack. Na egal, was quatsche ich mit euch.«

Schon einmal hatte ich Mordlust in seinen Augen gesehen, als ich ihm die Finger in die Magengrube stieß. Das Glimmen jetzt war gefährlicher, denn nun hielt er Waffen in den Händen.

Und dann überstürzten sich die Ereignisse.

Nash sprang auf, das blutige Messer in der Hand, und schrie: »Sie können uns nicht alle drei gleichzeitig umbringen. Los, Cotton, schießen Sie!«

Wooodrow sah Sekundenbruchteile zu Nash hin und darauf hatten Phil und ich gewartet.

Wir zogen, zielten auf die Colts, drückten ab, und eine Kugel sauste an meinem Ohr vorbei. Auch Woodrow schoß.

Jetzt nur noch mit einer Waffe, die andere war zu Boden gefallen.

»Hände hoch, FBI!« brüllte jemand hinter uns. Wir sahen uns nicht um, denn wir erkannten die Stimme. Mister High mußte sehr besorgt um uns sein, wenn er uns Steve Dillagio als Schatten nachschickte.

Wieder feuerte Woodrow, und diesmal hätte er Phil erwischt, wenn mein Freund nicht rechtzeitig auf Tauchstation gegangen wäre.

Mein nächster Schuß traf den zweiten Colt und − zerschmetterte Woodrows Zeigefinger.

Aufschreiend warf sich Woodrow zu Boden und tastete mit der noch unverletzten Hand nach einem seiner Colts, der in Reichweite lag.

Jetzt stand Nash über ihm, das blutige Messer in der zur Faust geballten Rechten.

Verdammt! Ich fluche selten. Diesmal tat ich es in Gedanken, denn Harry Nash turnte wie ein Lebensmüder in der Schußlinie herum. Wenn ihn Woodrow jetzt packte . . .

Nash hob das Messer.

Woodrow lag zu seinen Füßen, bekam jetzt den Colt zu fassen.

Obgleich Harry Nash uns nur das Profil zuwandte, sahen wir in diesen atemberaubenden Minuten, was in ihm vorging. Er setzte mehrfach an, Woodrow das Messer in den Nacken oder den Rücken zu stoßen. Aber er konnte sich nicht dazu überwinden.

Jetzt richtete Woodrow den Colt nach oben. »Na, du

Scheißer? Lincolns Mörder, wie? Ich wußte immer, daß du eine Flasche bist. Wirklich gefährliche Irre hätte ich nicht in die Gruppe aufgenommen. Hatte so genug mit euch zu tun.«

Während er auf Nashs Kopf zielte und sprach, war ich einige Zentimeter zur Seite gekrochen.

»Geiselnahme. Hochmodern!« rief Woodrow und umschlang Nashs Beine. Aber noch immer stieß Harry nicht zu.

»Ich verlange freies Geleit, sonst . . . Wo sind Sie, Cotton?«

Er sah sich nach mir um, aber im selben Augenblick spürte er — von wo aus ich schoß.

Diesmal erwischte ich sein Handgelenk.

Wie wir gleich darauf merkten, war eine Ader durchgetrennt worden, und wir mußten den Arm abbinden.

»Was machst du denn hier?« raunzte ich Dilaggio freundschaftlich an. »Andere bei der Arbeit stören, wie?«

Steve kam nicht dazu, mir zu antworten, denn Harry Nash torkelte auf mich zu und hielt sich an mir fest.

»Ich kann's gar nicht. Haben Sie das gesehen? Ich könnte keinen umbringen. Nicht mal, wenn er — auf mich schießen will.«

»So ziemlich der schönste Tag Ihres Lebens, Harry, wie?« fragte ich ihn.

Er sah zu der Toten hinüber. »Bloß daran darf ich nicht denken.«

»Kommen Sie mit! Sie sollten heute nicht allein sein.«

Mir taten die armen Tröpfe leid, die Woodrow aufgesammelt hatte, um an die Anderson-Millionen zu kommen. Nicht nur, weil er sie alle hatte umbringen wollen. In den Monaten, die sie mit sinnlosen Gruppenstunden bei ihm verbrachten, war ihnen echte Besserung verwehrt geblieben.

Woodrow war im Rettungswagen abtransportiert worden, Steve benutzte sein eigenes Gefährt, und Nash saß hinter Phil und mir in meinem Jaguar, als wir zum Office fuhren.

Die Kollegen von der Spurensicherung beschäftigten sich inzwischen mit Kathleen.

»Rafferty ist Ihr Mann!« sagte ich. »Ein bemerkenswerter Mensch. Er wird Sie mit dem Urschrei heilen.«

»Ich brauche niemanden mehr. Jetzt, da ich weiß, ich könnte niemals töten.«

Weder Doktor Rafferty noch Mister High nahmen Anstoß daran, daß wir Harry Nash mitbrachten. »Ich konnte ihn nach all dem nicht allein lassen«, sagte ich nur, und Rafferty klappte seine Schaufeln zu winkender Geste zusammen.

»Richtig, Cotton! Ihr Kollege hat uns die Vorgänge genau geschildert. Mister Nash braucht jetzt Gesellschaft.«

Dieser Steve, dachte ich. Latscht vorbei, wo andere einen Mordfall lösen, und macht den Reporter ins Hauptquartier.

»Und wir sollten uns auch um die anderen kümmern. Das Mädchen, das dem Woodrow hörig war, muß sofort aus der Schutzhaft entlassen werden. Den Pyromanen und die Kleptomanin lassen Sie doch bitte suchen, Mister High.«

Wir alle fanden es in Ordnung, daß Franklyn Rafferty jetzt ›übernahm‹. Schließlich war das sein ›Bier‹, der

Kampf eines guten Psychologen gegen einen schlechten.

Zunächst stellte uns Rafferty nur Fragen. Als ich auch mal eine Antwort von ihm wollte, tippte er gegen seinen Schädel.

»Augenblick, Sie sehen, ich habe einen ziemlich großen Kopf. Erst füttern Sie mal den Computer, dann können Sie abfragen.«

Die ›Fütterung‹ dauerte länger als die ›Abfrage‹. Als sich Rafferty ein Bild gemacht hatte, begann er: »Das meiste, was Woodrow in ›Kathleens Geständnis‹ verpackte, übte er so aus, wie es geschildert wird. Er diktierte einem Ersatztäter — Miß Anderson. Das Ehepaar Hopkins starb, weil es Woodrow — nicht Kathleen — am Fuße des Hügels beobachtet hatte. Der Mordversuch an Kathleen — von Woodrow ausgeführt — sollte sie nicht entlasten, sondern einschüchtern, damit sie in eine Heirat einwilligte. Damit hätte er geerbt, ohne noch mehr Menschen zu töten. Aber Kathleen war ja anderweitig fixiert.«

Jetzt durften wir fragen, und ich nutzte es ganz spontan.

»Mein Verdacht war richtig, Woodrow teilte Nash in Hypnose-Analyse mit, wie er Kathleen aufknüpfte. Weshalb?«

Rafferty sah durch mich hindurch: »Sie wissen es längst: Um die Selbstbezichtigung unseres armen Freundes hier auszulösen.« Und bevor ich die nächste Frage stellen konnte, für die eigentlich die erste nur die Vorbereitung gewesen war, antwortete unser Chef-Gutachter: »Weil Sie darauf gekommen waren, daß Nash unverständlicherweise vom Mordversuch an Kathleen wußte, sollten Sie sterben. Die Zeit stimmt. Lanham berichtete vom Mord an den beiden Hopkins' und bekam den Auftrag, Sie, Cotton, nach Art des Pyromanen Tom Hubbard aus der Welt zu schaffen.«

»Und dann wurde Woodrow verprügelt.«

Rafferty und ich verstanden uns. Wir sprachen einen Monolog mit verteilten Stimmen, und die anderen im Raum hörten zu.

»Der Mann, der Geld dringend brauchte, ging mit dem Lösegeld sparsam um. ›Erfolgsmeldung?‹ mag Woodrow gefragt haben.«

Ich nahm den Faden auf. »Konnte Lanham nicht geben. Er hatte die Flucht ergriffen, als ich noch lebte.«

»Wart ab, sagte Woodrow sicher, und da schlug der Killer zu. Solche primitiven Individuen wollen kassieren.«

»Der Killer Lanham kassierte ja auch. Später − das Messer ins Herz. Und weshalb, Doktor Rafferty, sollten Phil und ich erstochen und erhängt werden?«

»Weil Woodrow alles auf Kathleen Andersons fixe Idee vom Henker und Messerstecher trimmte. Noch Fragen?«

Ich hatte noch zwei. »Sie sprachen vorhin mit unserem Chef über eine vom Täter nicht bedachte Konsequenz.«

»Ja, richtig, Mister Cotton. Das ist durchaus interessant. Woodrow baute die ›Gruppe‹ auf, um zahlreiche potentielle Killer zu haben, als Verdächtige, die ihn entlasten sollten. Er liebte Kathleen nicht im mindesten, er wollte nur ihr Geld. Er legte Spuren, tötete, ließ töten, und doch hätte er aus all seinen Bemühungen nicht einen Cent profitiert.«

Jetzt war ich echt erstaunt. »Aber Kathleen hatte doch keine Chance, ihr Testament zu ändern − wie sie wollte. Woodrow spritzte ihr ein Betäubungsmittel und nahm sie mit nach Peapack.«

»Woodrow brauchte die Testamentsänderung nicht zu verhindern. Er hätte so und so nichts geerbt. Er und die Gruppe. Denn die Erblasserin war unzurechnungsfähig, als sie das Testament zugunsten der Gruppe aufsetzte. Seine Dienstleistung als ›Seelenarzt‹ ist dafür der beste Beweis. Anfechtbar, ein solches Testament, leicht anfechtbar.«

Raffertys Riesenhände schaufelten Luft.

Wir – Phil und ich – hatten keine Fragen mehr. Aber unser Chef wollte noch etwas wissen.

»Angenommen, Doktor Rafferty, Sie würden beauftragt, ein Gutachten über Pete Woodrow zu erstellen . . .«

Rafferty lachte jovial.

»Ja, nehmen wir das doch mal an? Ich würde ganz gern in diesem Fall tätig werden. Weil in der Presse durch solche Leute das Ansehen von Männern geschädigt wird, die wirklich Hilfebedürftigen den richtigen Weg weisen.«

Ich sah, daß der Chef sich wunderte, unterbrochen worden zu sein.

Das passierte auch selten.

»Ähm – halten Sie Woodrow für – unzurechnungsfähig?«

»Ach, das wollen Sie wissen, Mister High? Nein, nicht unzurechnungsfähig. Er ist ein ganz gewöhnlicher Blödian. Aber unfähig. Unfähig, seine Geldgier durch ehrliche Arbeit zu befriedigen.«

An Franklyn Rafferty war alles bemerkenswert. Seine Schaufelhände, sein Riesenkopf, und jetzt hörten wir es – auch sein dröhnendes Lachen. – »Kommen Sie, Nash, wir fahren nach Yonkers. Sie zeigen mir den Weg. Und unser Freund High hier schickt Ihre anderen Freunde. Judy, Shirley und Tom. Und dann erlebt ihr

186

alle mal ein echtes gruppendynamisches Training. Dieser Bursche hat euch doch alle verpfuscht!«

Wenn mich die Typen, mit denen ich in Kontakt komme, jemals närrisch machen, dachte ich, gehe ich zu Rafferty. Die Schaufelhände hatte die Natur zwar an ihn verschwendet. Aber diesen Kopf, den konnte man brauchen.

ENDE

Jerry Cotton

Die denkende Bombe

Kriminalroman

BASTEI LÜBBE

Band 32 141

Jerry Cotton

Die denkende Bombe

Der Teufel mochte wissen, warum sie ausgerechnet bei mir die Unterlagen für die denkende Bombe vermuteten. Ich wußte nicht einmal, daß es sie gab.
Es half mir einen Dreck. Und für Nancy, das netteste Girl auf dieser Welt, war es tödlich.
Als ich in Nancys gebrochene Augen sah, als ich ihren zerschundenen Körper in meinen Armen hielt, wußte ich, daß ich diese bestialischen Mörder jagen würde bis ans Ende der Welt ...

BASTEI LÜBBE

Band 31 371

**Der Kamikaze
aus Jerusalem**
Originalausgabe

Ein Attentat, Verrat in den eigenen Reihen und viele
andere Schwierigkeiten können David Silbermann, den
Kamikaze aus Jerusalem, nicht davon abhalten, sich
für sein Land einzusetzen. Um die Friedensverhandlun-
gen in New York zu retten, setzt er wiederholt sein
Leben aufs Spiel. Phil und ich unterstützen ihn nach
Kräften, und wir bremsen ihn, als er sich in den
Maschen der Selbstjustiz zu verstricken droht . . .

Band 13 375
Sonny Girard

**Das Blut unserer
Väter**

**Deutsche
Erstveröffentlichung**

Der endgültige Mafiaroman, den Sie lesen *müssen*, wenn Sie wissen wollen, wie es in der ›Ehrenwerten Gesellschaft‹ wirklich aussieht: Geschrieben von einem, der dazugehörte!

Michael Messina, genannt ›Mickey Boy‹, hat nur ein einziges Ziel im Leben: Er will ein geachteter Mafioso sein. Gerade aus dem Gefängnis entlassen, nimmt ihn die Familie sofort wieder auf; er hat eisern geschwiegen, daher steht seinem Aufstieg nichts mehr im Wege.
Doch da verstrickt er sich in eine leidenschaftliche Affäre mit Laurel, der Ex-Freundin seines kleinen Bruders. Und sie gehört nicht dazu, will es auch gar nicht, sondern wehrt sich verzweifelt gegen ihre übermächtig werdende Liebe.
Zugleich aber muß Mickey sich in dem blutigen Bandenkrieg bewähren, den Don Vincenze Calabra, der mächtigste der Bosse, vom Zaum gebrochen hat. Und über allem liegt das Rätsel seiner Herkunft. Denn letztlich zählt in dieser allein ihrem eigenen Kodex gehorchenden Gesellschaft nur eines: DAS BLUT UNSERER VÄTER.

**Sie erhalten diesen Band
im Buchhandel, bei Ihrem
Zeitschriftenhändler sowie
im Bahnhofsbuchhandel.**

Band 13 376
Ellery Queen (Hg.)

Mord für Mord
**Deutsche
Erstveröffentlichung**

- ● ELLERY QUEEN zeigt die raffinierte Variante eines unschuldig zum Tode Verurteilten, dem Gerechtigkeit zuteil wird
- ● MICHAEL GILBERTs klassische Polizeigeschichte hat einen wahrhaft verblüffenden Kick
- ● ED MCBAIN führt uns natürlich ins 87. Polizeirevier, gibt sich aber außergewöhnlich romantisch
- ● GEORGES SIMENON stellt einmal nicht Maigret selbst in den Vordergrund, sondern seine Ehefrau, die durch einen Verehrer in Schwierigkeiten kommt
- ● ERLE STANLEY GARDNER zeigt uns, was ein kleiner Sheriff vom Lande gegen eine Bande gerissener Großstadt-Advokaten ausrichtet
- ● JOHN D. MACDONALD beweist am Beispiel seines kleinen Barpianisten, das Verbrechen nichts für Amateure sind.

**Sie erhalten diesen Band
im Buchhandel, bei Ihrem
Zeitschriftenhändler sowie
im Bahnhofsbuchhandel.**